JN189934

あゝ　そう云えば昔
啄木バカでさゆりスト
自称《演歌の帝王》とかいいながら
《大室く(おもしろ)精一杯》を信条としていた
おかしくも不思議な教員が
何処かにいたような気が……

啄木そっくりさん

大室精一

桜出版

はじめに

本書『啄木そっくりさん』は、大室精一・佐藤勝・平山陽共著による『クイズで楽しむ啄木101』（桜出版）の姉妹編として企画した。

まずプロローグの《啄木そっくりさん》では、岩城之徳先生の追悼記念誌『一意専心の人』に、教え子の立場から寄せた拙文「岩城先生から《啄木そっくりさん》と呼ばれて」を掲載した。岩城先生は私を啄木研究の世界に導いて下さったので、本書のタイトルにもそのまま利用したフレーズである。

第一章の《啄木短歌の魅力》では、「キーワード10」として、〔神童〕〔離散〕〔流離〕〔思郷〕〔共感〕〔思慕〕〔母親〕〔仕事〕〔挽歌〕〔夭折〕を掲げ、そのテーマの関連歌五首をそれぞれ選び、その解釈を通して啄木短歌の新たな魅力解明を試みた。

次に第二章の《啄木研究史の転換》では「エポック10」として、〔カンニング〕〔切断の歌〕〔歌集の形成論〕〔啄木短歌大観〕〔天職観の反転〕〔複眼の解釈〕〔日記の文芸化〕〔「樹木と果実」復元〕〔文献集大成〕〔『一握の砂』における推敲の前後〕の十編、「エポック・プラスワン」として〔『悲しき玩具』における推敲の前後〕を掲げ、啄木研究史の転換を導いた要因と意義について解説を試みた。

さらに第三章《啄木寸感》では「アラカルト10」として、今までに執筆してきた国際啄木学会東京支部会の「巻頭言」、及び国際啄木学会研究年報の「書評」の中から印象に残る十編を選び再掲載した。

第四章では、前著『『一握の砂』『悲しき玩具』―編集による表現―』について「エトセトラ10」として現時点での総括を試みた。「エトセトラ①」に前著の内容を要約した〔序〕を記し、続いて拙著に寄せて戴いた〔書評〕を九編、「エトセトラ・プラスワン」として各書評への感謝と回答を記した。

エピローグ《青春の虚妄性に挑む》は、実は半世紀も前の文章であるが「総長賞受賞記念論文」を掲載した。教員生活を終えての「人生再スタート」にあたり、当時の情熱を喚起したいとの思いを込め、五十年の時を超えた「決意書」の意味を担っている。

【目次】

第二章《啄木研究史の転換》エポック10……75

《啄木そっくりさん》――プロローグとして――

岩城先生から「啄木そっくりさん」と呼ばれて

「大室君は啄木にそっくりだね。」と、岩城之徳先生に最初に言われたのは、私が大学二年生の時、「近代国文学」の授業だったと記憶している。それ以来、私は「啄木そっくりさん」と仲間たちから呼ばれるようになってしまった。「なってしまった」という表現には、半ば諦めのニュアンスを含ませているつもりである。

ところが、その私が、今は啄木についての講演をするときに「啄木そっくり」をマクラにして本題に入るのを無上の楽しみとしている。聴衆に啄木の写真を提示してから私の顔と比較させ、しばらくして会場のあちらこちらから、「あっ、啄木にそっくりだ」との声が湧きあがる。その短い沈黙の時間は、今ではたまらない快感になっている。その「啄木そっくり」の教え子の立場から、教え子でなければ聞けなかった岩城先生をめぐる一つの思い出を記してみたい。

それは岩城先生の授業をめぐる、四十年も前のナントモ奇妙な話である。当時の岩城先生は、啄木の新たな伝記的事実を次々に「発掘」し、緻密な考証により近代文学研究を牽引する活躍をされていた。しかし、その緻密さとは裏腹に、授業ではユーモアたっぷりで、特に毎時間の授業の導入として語る啄木との「夢の中での対談」の話は、漫談と錯覚するような面白さであった。その岩城先生が或る日の「近代国文学」の授業で「伝記研究」を志した理由をしみじみと語ったことがある。それは三好行雄氏との次のような出会いに端を発するという。当時の若手研究者は顔を合わせるたびに激論を戦わせるのが常であり、その日も当時ベストセラー作品を続々と発表していた松本清張の話題で盛り上がっていた。その若手研究者のグループに三好氏が加わり、清張の作品世界の特質を鮮やかに分析して見せたのだという。三好氏はまず、現在の清張の推理小説は「過去が現在を支配するという宿命」をテーマにしていて、作品の伏線も構図もすでに初期の作品に内在していることを分析しながら、「作家は処女作に向かって前進する」と結論付けたのだという。岩城先生は、その三好氏の余りにも鮮やかな指摘に何の反論もできずに立ち竦んでしまい、研究者としての自信を瞬時に喪失してしまったそうである。こんな怪物がいる限り、作品論ではとても立ち向かえないと思い知らされ、それ以後は「足」と「汗」だけで勝負する「伝記研究」を志したのだという。

ところで、この「作家は処女作に向かって前進する」という表現は、岩城先生に強烈なパンチを与えただけでなく、それを又聞きしただけの私をも深く魅了してしまった。当時の私が最も感銘を受けながら読んでいたのが野間宏であったため、その処女作である「暗い絵」を題材にして「作家は処女作に向かって前進する」の表現の妥当性を検証してみたいと思いついたのである。『暗い絵』の主人公深見進介の苦悩と転向、そして冒頭のブリューゲルの絵を描写した異様な文体の分析を通して、野間宏の文学世界の特質を照らし出してみたいという想定である。すぐに野間宏全集を古本屋で購入し、夏休みに二カ月もかけて全巻を通読し、「近代国文学演習」の時間に「『暗い絵』の暗さ」というテーマで発表したりもしたほどである。

ところが、ところが、である。何とこの「岩城発言」が事実と異なるかも知れないという思いに最近取り付かれている。「作家は処女作に向かって前進する」というのは極めて印象深い表現なので、近代文学の研究者なら周知のことだとばかり考えていた私は、国際啄木学会東京支部会の折に、目良卓さんに何気なく話したことがある。その話しを興味を持って聞いてくれた目良さんから数日後に、三好氏の文献をすべて調査してみたが「作家は処女作に向かって前進する」という表現に関する記述は全くないようだとの連絡が入った。驚いた私は、（岩城先生の説明の中に出てきた）三好氏が清張の処女作として分析したという『待つ』という作品を探してみたところ、何と現在の全集、及び「松本清張辞典」を調査してみても『待つ』という作品は存在しないことが判明した。

結局のところ、岩城先生の「演技」に私は欺かれたのであろうか。そう言えば、当時大学院への進学を決めた私に、「万葉なんかやめて啄木にしなさい」と何回も言われた記憶がある。大学院は結局万葉を専攻したが、周り回って現在の私は啄木の勉強に熱中しているのも不思議な縁である。

それにしても、私を結果的に近代文学研究に導くことになった「作家は処女作に向かって前進する」という三好氏の表現は、どこまでが真実で、どこからが岩城先生の演出だったのか、どなたか教えていただけないものでしょうか。まさか、岩城先生の授業を受けてから四十年も経て、このようなカラクリに気付くなんて驚きです。しかも、その作品名が『待つ』だなんて、いずれ万葉から啄木に移ることを予測していたかのようで、まるで落語のオチみたいな感覚に陥っています。

▽国際啄木学会編
追悼記念誌『一意専心の人』岩城之徳初代会長没後二十年に寄せて
平成二十七年八月三日発行

第一章　《啄木短歌の魅力》　キーワード10

盛岡中学校

キーワード① 〔神童〕 ※関連歌五首　啄木名歌の完成にチャレンジ！

・そのかみの神童(しんどう)の名(な)の
かなしさよ
ふるさとに来(き)て ⓐ《**怒る・泣く・笑ふ**》はそのこと　『一握の砂』（250番歌）

・そのかみの学校一(がくかういち)の《ⓑ》／今(いま)は真面目(まじめ)に／はたらきて居(を)り　『一握の砂』（183番歌）

・小学(せうがく)の《ⓒ》を我(われ)と争(あらそ)ひし／友(とも)のいとなむ／木賃宿(きちんやど)かな　『一握の砂』（218番歌）

・男(をとこ)とうまれ男(をとこ)と交(まじ)り／《ⓓ》をり／かるがゆゑにや秋(あき)が身(み)に沁(し)む　『一握の砂』（143番歌）

・何(なに)となく自分(じぶん)を《ⓔ》のやうに／思(おも)ひてゐたりき。／子供(こども)なりしかな。　『悲しき玩具』（98番歌）

〔**神童**〕の解説　→※『クイズで楽しむ啄木101』75項〔秀才啄木〕参照

・そのかみの神童の名の／かなしさよ／ふるさとに来て《泣く》はそのこと（砂・250）

〔**歌意**：その昔皆から神童と呼ばれていた哀しさよ。故郷に来て泣くのはそのことよ。〕

啄木は幼少の頃に神童と呼ばれていた。「神童」とは「なみはずれた才知をもつ子供。非凡な子供。」（明鏡国語辞典）の意味である。啄木の盛岡高等小学校時代の成績は学籍簿によると三年間「学業善、行状善、認定善」の成績であり、岩手県内の秀才が集う盛岡中学校への入学成績においても合格者128名中10番という優秀な成績を収め周囲から「神童」の評判を得ていたと思われる。岩城之徳氏の「盛岡尋常中学校入学試験及第表」調査によれば、啄木が在学中に親交のあった友人の入学成績は、左記の通りである。

（合格順位）	（氏名）	（後の業績等　※大室追記）
10番	石川　一	
11番	伊東圭一郎	（東京朝日新聞通信部長・岩手県立図書館長）

22番　狐崎嘉助　（卒業時に全クラスを通じての主席・享年24）
30番　船越金五郎　（医師・岩手県医師会理事）
33番　小沢恒一　（早稲田大学教育学部教授・北上学園校長）

岩城之徳『石川啄木伝』（筑摩書房）より

右のように「神童」の称号を得ていた啄木ではあるが、後に妻となる堀合節子との恋愛や与謝野晶子『みだれ髪』の影響による文学熱の高まりにより、勉学への意欲は極端に疎かになる。授業欠席日数の多さやカンニング事件などもあり、退学という最悪の運命を辿ることになる。さらに父一禎の住職罷免も重なり、「神童」と呼ばれていた当時とのギャップに涙しているのである。

・そのかみの学校一（がくかういち）の《なまけ者（もの）》／今は真面目（まじめ）に／はたらきて居（を）り（砂・183）

〔**歌意**：昔は学校で一番の怠け者と評判の私だが、今では真面目に働いている。〕

盛岡中学校入学時には神童と呼ばれていた啄木ではあるが、五年生の一学期は出席時数104時間に対して欠席時数が207時間という「学校一のなまけ者」として評判になってしまった。その啄木が朝日新聞社の校正係として夜勤にも励む真面目な労働者として頑張っている、自嘲と勤労の喜びが重なる心情の歌。

・**小学の《主席》を我と争ひし／友のいとなむ／木賃宿かな**（砂・218）

〔**歌意**：小学校の主席を争った友の経営していた木賃宿も懐かしいことよ。〕

この歌のモデルとなったのは渋民小学校の同級生であった工藤千代治であり、渋民村役場書記の勤務の傍らで小さな宿屋を経営していたことによる。工藤は後に村長となっている。この工藤は啄木と主席を争う秀才であるが、啄木よりも四歳も年上であり、啄木の「神童」ぶりが偲ばれる。

・**男とうまれ男と交り／《負けて》をり／かるがゆゑにや秋が身に沁む**（砂・143）

〔**歌意**：男と生まれ、育ち、貧ゆえに敗北。秋のさびしさが身にしみることよ。〕

上京して文学で身を立てようとした啄木だが、小説は世に認められず貧困に苦しんでいる。友の多くはそれぞれの分野で活躍しているのに、自分だけが新聞社の校正係の身であることを嘆き、理想から遠く外れてしまった敗北感が滲み出ている歌である。

・**何(なに)となく自分(じぶん)を《えらい人(ひと)》のやうに／思(おも)ひてゐたりき。／子供(こども)なりしかな。**（玩・98）

〔**歌意**：何となく自分は偉いと勘違いしていた、思えばあの頃は幼稚な私だったなあ。〕

深刻な病床生活の中でわが身の人生を振り返るなら、自らを「天才」と誇り偉ぶっていた少年の日々が哀れに思い出されてくる。

宝徳寺住職罷免

キーワード②〔離散〕 ※関連歌五首 啄木名歌の完成にチャレンジ！

・石(いし)をもて追(お)はるるごとく
　ふるさとを出(い)でし(a)《あはれみ・にくしみ・かなしみ》
　消(き)ゆる時(とき)なし　『一握の砂』（214番歌）

・たのみつる年(とし)の若(わか)さを数(かぞ)へみて／《(b)》を見(み)つめて／旅(たび)がいやになりき　『一握の砂』（305番歌）

・船(ふね)に酔(ゑ)ひてやさしくなれる／いもうとの眼見(めみ)ゆ／《(c)》の海(うみ)を思(おも)へば　『一握の砂』（309番歌）

・子(こ)を負(お)ひて／雪(ゆき)の吹(ふ)き入(い)る停車場(ていしやば)に／われ見送(みおく)りし妻(つま)の《(d)》かな　『一握の砂』（361番歌）

・わが去(さ)れる後(のち)の噂(うはさ)を／おもひやる旅出(たびで)はかなし／《(e)》ゆくごと　『一握の砂』（365番歌）

〔離散〕の解説　↓※『クイズで楽しむ啄木101』72項〔一家離散〕参照

・石（いし）をもて追（お）はるるごとく／ふるさとを出（い）でし《かなしみ》／消（き）ゆる時（とき）なし　（砂・214）

〔歌意：石で追い払われるように一家離散した悲しい境遇は生涯忘れられない。〕

「村八分」という言葉は『明鏡国語辞典』によれば、「江戸時代以降の私的制裁で、村のおきてに背いた者に対し、村民全員が申し合わせてその家と絶交すること」の意であるが、啄木の意識からすれば、啄木の家族を一家離散の運命に導いたのは「村八分」そのものであったように思われる。

父一禎の住職罷免に伴う事件は啄木一家の運命の歯車を狂わせる。その経緯を啄木は日記（明治40・3・5）に次のように記している。

此一日は、我家の記録の中で極めて重大な一日であつた。朝早く母の呼ぶ声に目をさますと、父上が居なくなつたといふ。予は覚えず声を出して泣いた。父上が居なくなつたのではなくて、貧といふ悪魔が父上を追ひ出したのであらう。――中略――此朝の予の心地は、とても口にも筆にも尽せない。殆んど一ケ年の間戦つた宝徳寺問題が、最期のきはに至つて致命の打撃を享けた。今の場合、モハヤ其望みの綱がスッカリきれて了ったのだ。—中略— 予はかく思ふて泣いた、泣いた。

（「明治四十丁未歳日誌」より）

因みに一禎の家出という最悪の結末を迎えた啄木の家族は、
・父の一禎 ↓ 青森県野辺地の常光寺
・母のカツ ↓ 渋民武道の米田長四郎方
・妻の節子と京子 ↓ 妻の実家である盛岡の堀合忠操方
・妹の光子 ↓ 函館まで啄木に同行した後に小樽の山本千三郎方

と離れ離れになり、文字通りの「一家離散」の運命が待ち受けていた。悲哀の極致ではあるが、この「離散」が仮になかったとしたら、啄木の北海道での秀歌や思郷の歌々も詠出されなかったと思うと人生の綾を感じさせる歌である。

・**たのみつる年(とし)の若(わか)さを数(かぞ)へみて／《指(ゆび)》を見(み)つめて／旅(たび)がいやになりき** （砂・305）

〔**歌意**：残り何年ぐらい若さが続くのかと、指折り数えると旅が嫌になる。〕

ふるさとを離れ北海道流離の旅に向かう21歳の啄木の心情が偲ばれる。但し、この「旅」について今井泰子氏は「中学時代後半の精神遍歴以後の経過」と解釈を加えている。

・**船に酔ひてやさしくなれる／いもうとの眼見ゆ／《津軽》の海を思へば**　（砂・309）

〔**歌意**：船に酔ってやさしくなった妹の目が、津軽の海を思い出すたび浮かんでくる。〕

ふるさとを追われた啄木は、明治40年5月5日、函館移住のために妹の光子を連れて青函連絡船陸奥丸に乗船。その日の日記に「五時前目をさましぬ。船はすでに青森をあとにして湾口に進みつつあり。風寒く雨さへ時々降り来れり。海峡に進み入れば、波立ち騒ぎて船客多く酔ひつ。光子もいたく青ざめて幾度となく嘔吐を催しぬ。」との説明がある。

・**子を負ひて／雪の吹き入る停車場に／われ見送りし妻の《眉》かな**　（砂・361）

〔**歌意**：子を背負い、雪の吹きこむ停車場で、不安そうに私を見送る妻の眉よ。〕

小樽から釧路へ向かう駅での別れの場面であり、見送る妻の眉に悲哀感が漂う秀歌である。しかし当日（明治41年1月19日）の日記によれば、「妻は京子を負ふて送りに来たが、白石氏が遅れて来たので午前九時の列車に乗りおくれた。妻は空しく帰つて行つた。」との記述があるので印象深く別れの場面を脚色した歌であることがわかる。

・**わが去れる後の噂を／おもひやる旅出はかなし／《死にに》ゆくごと**　（砂・365）

〔**歌意**：私が去ったあとの噂を想像すると旅に出るのは悲しい。まるで死出の旅のように。〕

問題を起して小樽を離れる啄木の慟哭。その心情は明治41年1月18日の日記に「小樽に於ける最後の一夜は、今更に家庭の楽しみを覚えさせる。持つて行くべき手廻りの物や本など行李に収めて、四時就床。明日は母と妻と愛児とを此地に残して、自分一人雪に埋れたる北海道を横断するのだ」の記述がある。

雪あかりさびしき町に

キーワード③〔流離〕　※関連歌五首　啄木名歌の完成にチャレンジ！

・さいはての ⓐ《駅・港・国》に下り立ち
雪あかり
さびしき町にあゆみ入りにき　『一握の砂』（383番歌）

・しらしらと氷かがやき／《ⓑ》なく／釧路の海の冬の月かな　『一握の砂』（384番歌）

・あはれかの国のはてにて／《ⓒ》のみき／かなしみの滓を啜るごとくに　『一握の砂』（387番歌）

・浪淘沙／ながくも声をふるはせて／うたふがごとき《ⓓ》なりしかな　『一握の砂』（414番歌）

・かの旅の《ⓔ》の窓に／おもひたる／我がゆくすゑのかなしかりしかな　『一握の砂』（497番歌）

〔**流離**〕の解説　↓※『クイズで楽しむ啄木101』77項〔北国流離〕参照

・**さいはての《駅》に下り立ち／雪あかり／さびしき町にあゆみ入りにき**（砂・383）

〔**歌意**：さいはての駅に到着し、雪明りの照らす寂しい町に歩み入ることよ。〕

右の歌において啄木が辿りついた「さいはての駅」とは釧路駅のことである。ふるさとを追われた啄木が函館に移住してからの流離の旅の足跡は、福地順一著『石川啄木と北海道 ―その人生・文学・時代―』（鳥影社・平成25年）の次の解説に要約されるであろう。

函館―釧路間は明治四十年九月八日には全線開通していたことになる。したがって、啄木が明治四十一年一月二十一日に汽車で旭川―狩勝峠を越え十勝原野を横切って釧路へ入ったのは鉄道の全通してからわずか四カ月後のことであった。北海道開発の躍動期に、啄木は函館、札幌、小樽、旭川、釧路と渡り歩いていたのである。

さて、右の歌は『一握の砂』「忘れがたき人人　一」の章に収められている。「忘れがたき人人」の章は函館↓札幌↓小樽↓旭川↓釧路という十一カ月に及ぶ北海道流離の思い出をほぼ時系列に回想した歌群であるが、「さいはての」の歌は古来「釧路歌群」の冒頭歌として鑑賞されてきた。

しかし、啄木の配列意識を精査したところ、各歌群の冒頭歌には左記の通り必ず地名が含まれていることから、「釧路歌群」の冒頭歌は「しらしらと」の歌であることが判明した。

・「函館歌群」の冒頭歌 307 函館の床屋の弟子を～
・「札幌歌群」の冒頭歌 337 札幌に／かの秋われの～
・「小樽歌群」の冒頭歌 342 かなしきは小樽の町よ～
・「釧路歌群」の冒頭歌 384 しらしらと氷 ～ 釧路の海の冬の月かな

右の各歌群に詠出された啄木の北海道「流離」の様子は次頁で鑑賞したい。

・**しらしらと氷かがやき／《千鳥》なく／釧路の海の冬の月かな**　（砂・384）

〔**歌意**：白い氷が一面に輝き、千鳥が鳴いている釧路の海の冬の月夜の光景よ。〕

「忘れがたき人人　一」の「釧路歌群」の冒頭歌である。明治41年3月17日の日記に「海は矢張静かだ。月は明るい。氷れる砂の上を歩いて知人岬の下の方まで行くと、千鳥が啼いた。生れて初めて千鳥を聞いた。千鳥！　千鳥！　月影が鳴くのか、千鳥の声が照るのか！　頻りに鳴く。」の記述があり、同行者は梅川操と佐藤衣川、初めて聞いた千鳥の鳴き声に感動した様子が偲ばれる。

・あはれかの国(くに)のはてにて／《酒(さけ)》のみき／かなしみの滓(をり)を啜(すす)るごとくに（砂・387）

〔**歌意**：ああ、あの国の果てで酒を飲んだなあ。哀しみの滓をすするように。〕

都からも故郷からも遠く離れた極北の地で、鬱積する苦悶に堪え、ひとりで濁り酒を飲む心情。この歌にも「流離」の悲哀がしみじみと感じられる。

・浪淘沙(らうたうさ)／ながくも声(こゑ)をふるはせて／うたふがごとき《旅(たび)》なりしかな（砂・414）

〔**歌意**：浪淘沙を長々と声をふるわせながら朗誦するような旅であったなあ。〕

初出は『心の花』（明治41年12月号）で「浪淘沙」19首中の一首であり、「北海回顧」の詞書が添えられている。「浪淘沙」は本来「浪が砂を洗う」の意味であるが、ここでは唐や宋の時代に栄えた抒情詩の朗詠をイメージしていると思われる。流離の旅の悲哀をしみじみと感じさせる歌である。

・かの旅(たび)の《夜汽車(よぎしや)》の窓(まど)に／おもひたる／我(わ)がゆくすゑのかなしかりしかな（砂・497）

〔**歌意**：あの旅の夜汽車の窓辺でふと考えた、自分の悲惨な将来の悲しさよ。〕

この歌は初出「東京朝日新聞」（明治43年5月8日号）によると、函館を去り札幌に赴任する夜の、前途に対する不安の心情を詠んでいると思われる。故郷を遠く離れたさいはての地で、我が身の不運を嘆く啄木の姿が浮かんでくる。

望郷の上野駅

キーワード④〔思郷〕　※関連歌五首　啄木名歌の完成にチャレンジ！

・ふるさとの(a)《訛・噂・便り》なつかし
停車場の人ごみの中に
そを聴きにゆく　『一握の砂』（199番歌）

・かにかくに《(b)》は恋しかり／おもひでの山／おもひでの川　『一握の砂』（210番歌）

・やはらかに柳あをめる／《(c)》の岸辺目に見ゆ／泣けとごとくに　『一握の砂』（215番歌）

・汽車の窓／はるかに北にふるさとの山見え来れば／《(d)》を正すも　『一握の砂』（245番歌）

・ふるさとの寺の畔の／▒檜葉の木の／いただきに来て啼きし《(e)》！　『悲しき玩具』（134番歌）

〔思郷〕の解説　↓※『クイズで楽しむ啄木101』70項〔故郷懐旧〕参照

・ふるさとの《訛》なつかし／停車場の人ごみの中に／そを聴きにゆく（砂・199）

〔歌意：故郷の訛が懐かしくなり、駅の人ごみの中にそれを聞きにゆくことよ。〕

『一握の砂』の第二章は「煙」であるが、そのうち「煙　一」は盛岡中学校時代、「煙　二」は渋民時代を回想した歌々である。その「煙　二」の冒頭に配列されているのが右の歌であり、啄木の「思郷」歌としては最も有名な作品の一つである。

ところで、この歌を鑑賞する時のポイントは「停車場」が上野駅を指すことに気付くことである。啄木の当時、東北線の発着駅は上野駅であり、ふるさとを追われた啄木が、ふるさとの訛（方言）を聴くために徘徊する様子が偲ばれる。この上野駅への郷愁の感情は昭和の時代まで続いていて、例えば井沢八郎のヒット曲「ああ上野駅」の一番の歌詞「どこかに故郷の香りをのせて　入る列車のなつかしさ　上野は俺らの心の駅だ　くじけちゃならない人生が　あの日ここから始まった」の心情にも通じるように思われる。

但し、この歌の「停車場」が上野駅であることを現在の若者の多くは理解していない。何故なら、東北線の発着駅が上野駅から東京駅に移ってからすでに久しく上野駅には啄木当時の「停車場」のイメージがないからである。歌の情緒を味わうには残念であるが、今でも上野駅には啄木の思いを込めた歌碑があるので文学散歩の折には訪れて欲しい。

一家離散という悲惨な運命で故郷を離れた啄木は、決して帰ることのない「ふるさと」を詠い続ける。それは、北上川であり、岩手山や姫神山であり、不来方城址であったりする。それらはもちろん美しい景として描かれているが一抹の寂しさを漂わせているようにも感じられる。啄木の墓地も函館にあり、遺骨さえもふるさとに戻れない寂しさなのであろうか。

当該歌に影響された歌として、寺山修司『空には本』に「ふるさとの訛りなくせし友といてモカ珈琲はかくまでにがし」の歌もある。

・かにかくに《渋民村(しぶたみむら)》は恋(こひ)しかり／おもひでの山(やま)／おもひでの川(かは)　（砂・210）

〔**歌意**：何はともあれ渋民村は恋しいなあ。思い出の山も思い出の川も。〕

啄木の家族は「石をもて追はるるごとく」ふるさとを離れているが、右の歌は無条件のふるさと讃美になっている。その心情は「渋民日記」（明治39年）における「故郷の自然は常に我が親友である」の表現にも対応している。但し、同時に「しかし故郷の人間は常に予の敵である」とも記されていて、複雑な「思郷」の念が潜んでいることに着目する必要がある。

・やはらかに柳あをめる／《北上》の岸辺目に見ゆ／泣けとごとくに　（砂・215）

〔歌意：柔らかい柳の芽が青くなる北上川の岸辺が浮かぶ、まるで涙を誘うように。〕

啄木思郷歌の代表作。宝徳寺の横を流れる北上川は岩手山・姫神山と並んで、啄木のふるさとの象徴となっている。「やはらかにやなぎ」「きたかみのきしべ」の韻のしらべの美しさ、また「やはらかにやなぎあをめるきたかみのきしべめにみゆなけとごとくに」のa母音の連続も特色になっている。この美しい景が寂しさを漂わせているのは、再び帰ることのない望郷の思いのためなのだろうか。

・汽車の窓／はるかに北にふるさとの山見え来れば／《襟》を正すも　（砂・245）

〔**歌意**：汽車の窓からはるか北に故郷の山が見えてくると、思わず襟を正すことよ。〕

この歌は「空想の帰郷」と想定されているが、車窓から眺める「ふるさとの山」が臨場感豊かに描かれている。「二日前に山の絵見しが／今朝になりて／にはかに恋しふるさとの山」（砂・206）の歌に誘発された景なのだろうか。

・ふるさとの寺の畔の／■檜葉の木の／いただきに来て啼きし《閑古鳥》！（玩・134）

〈**歌意**：故郷の寺横の檜葉の木の頂上に来て鳴いていた閑古鳥の懐かしさよ。〉

寺に育った啄木は「閑古鳥」にふるさとを喚起されたようで、「ふるさとを出でて五年、／■病を得て、／かの閑古鳥を夢に聞けるかな。」（玩・132）等の歌もある。

北上川の岸辺

キーワード⑤〔共感〕 ※関連歌五首　啄木名歌の完成にチャレンジ！

・ふるさとの山に向ひて
　(a)《**聴く・言ふ・見る**》ことなし
　ふるさとの山はありがたきかな　『一握の砂』（252番歌）

・《(b)》なる人のごとくにふるまへる／後のさびしさは／何にかたぐへむ　『一握の砂』（54番歌）

・君に似し姿を街に見る時の／こころ躍りを／《(c)》と思へ　『一握の砂』（428番歌）

・家を出て五町ばかりは／用のある人のごとくに／《(d)》みたれど――　『悲しき玩具』（8番歌）

・何となく、／今年はよい事あるごとし。／《(e)》の朝晴れて風無し。　『悲しき玩具』（38番歌）

〔共感〕の解説　→※『クイズで楽しむ啄木101』60項〔生活困苦〕参照

・ふるさとの山(やま)に向(むか)ひて／《言(い)ふ》ことなし／ふるさとの山(やま)はありがたきかな（砂・252）

〔**歌意**：故郷の山に対すると感無量になる。何の言葉も不要で有り難いものだ。〕

没後百年を超えるというのに、啄木の歌は現在でも広く愛唱されている。その理由は様々であるが、万人が「共感」できる表現に最大の特色があるように思われる。例えば右の歌なら、啄木にとって「ふるさとの山」は少年時代に親しんだ岩手山と姫神山の筈である。しかし読者は、啄木を離れてそれぞれ読者自身の「ふるさとの山」をイメージしながら詠むことも可能である。因みに埼玉県在住の稿者の場合には、西方に聳える秩父連山が毎朝夕に眺める「ふるさとの山」になっている。

一方で啄木の歌は、啄木の運命と重ね合わせながら鑑賞されるという宿命がある。啄木が「ふるさと」を詠う時には必ず「石(いし)をもて追(お)はるるごとく／ふるさとを出(い)でしかなしみ／消(き)ゆる時(とき)なし」（砂・214）に象徴される一家離散のドラマが背景に潜んでいるからである。つまり、実際には帰ることのできない「ふるさと」であるが故に、夢想する理想郷としての「ふるさと」が描かれることになり、その結果、我々読者にも望郷の念を強烈に誘うからである。

ところで「共感」というキーワードに着目するなら、「はたらけど／はたらけど猶わが生活楽にならざり／ぢつと手を見る」（砂・101）の歌も代表例となろう。一首は生活苦に直面し悩みながら手を見つめる心情を描いているが、我々は悩んだ時に思わず手を見つめるという動作を無意識のままにしているからである。啄木は、その一瞬の機微を実にみごとに捉えているため、誰もが「あっ私も同じだ」という「共感」に導かれることになる。但し、井上ひさし氏の調査によれば、苦悩した時に手を見つめるという習慣は右の啄木歌以前にはデータがないらしいので、実は啄木が日本人の新たな感性を創作したとも考えられる。

・**《非凡》**なる人のごとくにふるまへる／後のさびしさは／何にかたぐへむ（砂・54）

〔**歌意**：非凡な人のように振舞った後の寂しさは、例えようもなく空虚だなあ。〕

見栄を張ったあと自己嫌悪に陥る情けなさ。これは誰しもが体験したことのある心境であるが、この一首には凡人のその一瞬の心の動きが鮮やかに詠まれている。前田夕暮『収穫』に「おもふままなすべきことをなし果てし後の心のさびしくありけり」等の類想歌もあるが、啄木の歌には他の歌人と異なり、平凡な我々の「共感」を誘う仕掛けが組み込まれているのであろうか。

・君に似し姿を街に見る時の／こころ躍りを／《あはれ》と思へ（砂・428）

〔歌意：貴女に似た姿を街で見かけた時のときめく心を、どうか不憫と思って欲しい。〕

憧れの君に似ている姿を見かけただけでドキドキしてしまう。これは淡い初恋を体験した万人に共通する想いである。啄木歌の「君」は橘智恵子さんであるが、鑑賞者は各人の初恋に思いを馳せ自然に「共感」してしまう歌である。

・家を出て五町ばかりは／用のある人のごとくに／《歩いて》みたれど――（玩・8）

〔歌意：家を出て五町（約五百メートル）ほどの間は、用事でもあるように歩いてみるのだが――〕

何の用事もないのに忙しいふりをする。これは同じ心境を体験したことのある人にとってはドキリとする歌である。啄木には類似の発想として「用のある人のごとくに家を出で上野の山に来て落葉踏む」（『スバル』明治43年12月号）の歌もあるので、他人の目を過敏に意識している心情と思われる。

・何となく、／今年はよい事あるごとし。／《元日》の朝晴れて風無し。（玩・38）

〔**歌意**：何となく今年は良い事がありそうだ。元日の朝は日本晴れとなり風もない。〕

この歌は「新しき年の始の初春の今日降る雪のいや重け吉事」（『万葉集』・大伴家持）と共に年賀状に多用される歌として有名である。「今年は」の「は」により、悲惨な運命に翻弄されてきた過去が偲ばれるが、それらを超越してほのかな希望が感じられる歌になっている。あなたも年賀状に記してみましょう。

林檎園

宝小学校

智恵子慕情

キーワード⑥〔思慕〕　※関連歌五首　啄木名歌の完成にチャレンジ！

・世の中の明るさのみを吸ふごとき
　(a)《黒き瞳の・長き髪の・白きうなじの》
　今も目にあり　『一握の砂』（419番歌）

・砂山の砂に腹這ひ／《(b)》の／いたみを遠くおもひ出づる日　『一握の砂』（6番歌）

・己が名をほのかに呼びて／《(c)》／十四の春にかへる術なし　『一握の砂』（153番歌）

・《(d)》といひし女の／やはらかき／耳朶なども忘れがたかり　『一握の砂』（391番歌）

・Yといふ符牒／《(e)》の処処にあり――／Yとはあの人の事なりしかな。　『悲しき玩具』（61番歌）

〔思慕〕の解説　→※『クイズで楽しむ啄木101』31項〔橘智恵子〕参照

・世の中の明るさのみを吸ふごとき／《黒き瞳の》／今も目にあり　（砂・419）

〔**歌意**：世の中の明るさだけを吸収するような貴女の黒い瞳が忘れられないことよ。〕

山下多恵子著『忘れな草　啄木の女性たち』（未知谷）には、啄木をめぐる多くの女性たちが紹介されている。その中には堀田秀子・梅川操・与謝野晶子・上野さめ子・石川カツ・三浦光子・石川京子らもいるが、「思慕」のキーワードに相応しい女性なら堀合節子・橘智恵子・小奴の三名に絞られるように思う。

右の歌はその橘智恵子への思慕の情を22首も収めた、『一握の砂』「忘れがたき人人　二」の章に含まれていて女性にも特に人気のある作品である。啄木は明治40年9月4日の日記に「女教師連も亦面白し。」と同僚七人を批評しているが、その最後に「橘智恵君は真直に立てる鹿ノ子百合なるべし。」と印象を記している。また、明治42年4月9日の「ローマ字日記」には、

おととい来た時は何とも思わなかった智恵子さんの葉書を見ていると、なぜかたまらないほど恋しくなってきた。「人の妻にならぬ前に、たった一度でいいから会いたい！」そう思った。

智恵子さん！　なんといい名前だろう！　あのしとやかな、そして軽やかな、いかにも若い女らしい歩きぶり！　さわやかな声！　二人の話をしたのはたった二度だ。一度は大竹校長の家で、予が解職願いを持って行った時、一度は谷地頭の、あのエビ色の窓かけのかかった窓のある部屋で――そうだ、予が『あこがれ』を持って行った時だ。どちらも函館でのことだ。

ああ！　別れてからもう二十カ月になる！

という強烈な慕情表現が記されている。もちろん智恵子さんとは「たった二度」だけしか話をしていない間柄ではあるが、北海道流離の旅で知り合った運命の女性として啄木の「恋愛ドラマ」のヒロインとして描かれることになった。

・砂山の砂に腹這ひ／《初恋》の／いたみを遠くおもひ出づる日（砂・6）

〔**歌意**：砂山に腹這いになり、初恋の愛しさを遠い思い出として懐かしむ日よ。〕

初恋の相手はのちに啄木の妻となる堀合節子である。啄木は多くの女性と浮名を流しているようであるが、節子への信頼と思慕の情は生涯変わっていないように思われる。歌は複雑であり、「砂山」が大森浜だとすると、その浜から下北半島の先に位置する渋民や盛岡を思い浮かべながら、節子との初恋に燃えた過ぎし日々を、現在の心の痛みに重ね合わせながら回想するという構成である。

・**己が名をほのかに呼びて／《涙せし》／十四の春にかへる術なし**（砂・153）

〔**歌意**：自分の名をほのかに呼び涙した、あの十四歳の春に戻る術はないなあ。〕

この歌の初句は「己が名を」であり、自分自身への問いかけの表現になっているが、歌稿ノート『暇ナ時』には推敲前の元歌も記されていて、そこには「君が名を仄かによびて涙せし幼き日にはかへりあたはず」と記されていることから、この歌も十四歳の春に出会った節子との初恋をテーマにしていることがわかる。

・**《小奴》といひし女の／やはらかき／耳朶なども忘れがたかり**（砂・391）

〔**歌意**：釧路の芸妓小奴の柔らかい耳朶の肌触りなども忘れがたく懐かしい。〕

『釧路新聞』に職を得た啄木は編集長格として奮闘する。「紅筆便り」という花柳界記事連載のために料亭に通い、そこで鶤寅の芸妓小奴と出会う。啄木は小奴を妹のように可愛がり『一握の砂』

に12首もの歌を詠んでいるが、この歌では「耳朶」の柔らかさを表現していて刺激的な恋情感を醸し出している。

・Yといふ符牒（ふてふ）／《古日記（ふるにつき）》の処処（しよしよ）にあり――／Yとはあの人（ひと）の事（こと）なりしかな。（玩・61）

〔**歌意**：Yの符号が古い日記のあちこちにある。Yとはあの人のことだなあ。〕

この歌は謎に溢れ、しかも意味深な内容でもある。ただ日記に実名を伏せて符牒で記すからには想いを秘めた女性なのであろう。Yのモデルは未確定であるが小奴の他にも橘智恵子・菅原芳子・山川登美子らを想定する説がある。いずれにしても、啄木の遊び心は百年の後まで我々を楽しませてくれる。

喜之床の二階

キーワード⑦〔**母親**〕 ※関連歌五首　啄木名歌の完成にチャレンジ！

・たはむれに母(はは)を背負(せお)ひて
　そのあまり(a)《**重き・軽き・細き**》に泣(な)きて
　三歩(さんぽ)あゆまず　『一握の砂』（14番歌）

・わがあとを追(お)ひ来(き)て／知(し)れる人(ひと)もなき／辺土(へんど)に住(す)みし母(はは)と(b)《　》かな　『一握の砂』（308番歌）

・もうお前(まへ)の心底(しんてい)をよく見届(みとど)けたと、／(c)《　》に母来(ははき)て／泣(な)いてゆきしかな。『悲しき玩具』（104番歌）

・かなしきはわが父(ちち)！／■今日(けふ)も新聞(しんぶん)を読(よ)み飽(あ)きて、／■庭(には)に(d)《　》と遊(あそ)べり。『悲しき玩具』（182番歌）

・ただ一人(ひとり)の／(e)《　》の子(こ)なる我(われ)はかく育(そだ)てり。／■父母(ちちはは)も悲(かな)しかるらむ。『悲しき玩具』（183番歌）

〔母親〕の解説　↓※『クイズで楽しむ啄木101』53項〔母子哀感〕参照

・たはむれに母(はは)を背負(せお)ひて／そのあまり《軽(かろ)き》に泣(な)きて／三歩(さんぽ)あゆまず（砂・14）

〔**歌意**：ふざけて母を背負ってみると、余りにも軽く哀れで三歩もあるけない。〕

啄木の母の名はカツ。南岩手郡仙北町村、工藤篠作の三女として生まれる。次兄葛原対月の龍谷寺住職に伴い家事手伝いに入り、そこで石川一禎と出会い結婚。一禎26歳、カツ29歳のことである。

啄木の母は子煩悩であった。しかし、その溺愛ぶりが啄木の結婚後には「嫁姑問題」として深刻な状況を誘引することになる。特に啄木の意識が「文学」のみに傾注されていた時代に、嫁と姑の対立に目を背け続けた啄木の罪は深い。

啄木は妻を愛し、同時に母を哀れに思うのだが、その複雑な心の葛藤は態度には示されないままである。右の「たはむれに～」の歌は、その葛藤の背後に潜む母への深い想いが描かれているように思われる。もちろん「母を背負ひて」も「三歩あゆまず」も共にフィクションであることは妹の光子が繰り返し説明しているが、我々は「事実」のみに拘泥せず、啄木の「真実」の想いをこの歌から斟酌したいものである。

ところで啄木の歌は、読者の人生体験によって感動の程度が千差万別になる傾向がある。右の「たはむれに〜」の歌の場合、稿者は学生時代に母を亡くしているので読むたびに悲哀感が押し寄せてくる。私の母が再発した胃癌のために死んだのが昭和50年1月9日、翌々日に卒業論文の提出日を控えていたので母の隣の部屋で看病を続けて泣きながらの執筆。母の願いは息子の私が無事に大学を卒業することにあったため、論文を完成させれば母の命が永らえるものと祈りながらの執筆であった。卒業論文の万年筆の文字が滲んでいるのは稿者の涙に因るものである。そうした体験を踏まえているので「たはむれに〜」の歌だけは（いきなり慟哭してしまうので）今でも講演などの際にも外している経緯があります。

余りにも個人的な説明を記してしまったが、各人の人生と重ね合わせて読めるのが啄木歌の特色でもあるので、この項目だけはご寛恕願いたい。

・**わがあとを追ひ来て／知れる人もなき／辺土に住みし母と《妻》かな**（砂・308）

〔**歌意**：放浪の私を頼ってきて、誰も知らない片田舎に住みついた母と妻よ。〕

推敲前の『スバル』（明治43年11月号）によると、「辺土に住みし」は「函館に住みし」なので、この歌は啄木を追って函館に来た母と妻の漂泊の愁いを詠んだものであることがわかる。啄木一家の借家住まいは青柳町になるが、実は同じ町内に妻（堀合家）の親戚が二家族も住んでいた。零落の我が身を恥じた啄木が自尊心により親戚との交流を禁じたために陥った困窮生活であり、後に「辺土」と表現しているのは、母と妻に対する啄木の悔恨の情なのであろうか。

・もうお前の心底をよく見届けたと、／《夢》に母来て／泣いてゆきしかな。（玩・104）

〔**歌意**〕：「もうお前の本心は見届けた」と、夢の中に母が登場して泣いていたことよ。」

夢の中のセリフであるが「お前の心底」の内容理解により、この歌の解釈は揺れ動くことになる。仮に「病院に来て、／妻や子をいつくしむ／まことの我にかへりけるかな。」（玩・107）の歌とセットで考えるなら、嫁姑問題の確執に悩む啄木が妻への愛情を優先したことを母が嘆き、その母への憐憫の歌となる。

・かなしきはわが父！／■今日も新聞を読み飽きて、／■庭に《小蟻》と遊べり。（玩・182）

〔**歌意**：あ、哀れな我が父よ。今日も新聞を読み飽き、庭で小蟻と戯れているよ。〕

　この歌には、宝徳寺の住職を罷免された父一禎の世捨て人のような侘しい境遇が詠まれている。「その親にも、／■親の親にも似るなかれ――／かく汝が父は思へるぞ、子よ。」（玩・157）の歌と共に、若くして一家を支える運命に遭遇した啄木の深い煩悶が感じられる。

・ただ一人の／《をとこ》の子なる我はかく育てり。／■父母も悲しかるらむ。（玩・183）

〔**歌意**：たった一人の男の子である私が惨めに育ち、さぞ父や母も悲しいことだろう。〕

　両親の期待を一身に背負い誕生、幼少時には「神童」と呼ばれた啄木であったが、中学校中退、職は転々と移り借金地獄、家庭不和、今では病魔にも蝕まれ悲惨な運命に辿り着く。その原因は、すべて尊大な虚栄心に因るものと自らを省みる歌であり、両親への複雑な想いが滲み出ている。

切り通しの坂

キーワード⑧〔仕事〕

※関連歌五首　啄木名歌の完成にチャレンジ！

・はたらけど
はたらけど猶(なほ)わが生活(くらし)楽(らく)にならざり
ぢつと(a)《眼・己・手》を見(み)る　『一握の砂』（101番歌）

・こころよく／我(われ)にはたらく仕事(しごと)あれ／それを仕遂(しと)げて《(b)》と思(おも)ふ　『一握の砂』（20番歌）

・こみ合(あ)へる《(c)》の隅(すみ)に／ちぢこまる／ゆふべゆふべの我(われ)のいとしさ　『一握の砂』（21番歌）

・実務(じつむ)には役(やく)に立(た)たざる《(d)》と／我(われ)を見(み)る人(ひと)に／金借(かねか)りにけり　『一握の砂』（56番歌）

・この次(つぎ)の《(e)》に一日寝(いちにちね)てみむと／思(おも)ひすごしぬ／三年(みとせ)このかた　『一握の砂』（116番歌）

〔仕事〕の解説　↓※『クイズで楽しむ啄木101』54項〔労働願望〕参照

・はたらけど／はたらけど猶わが生活楽にならざり／ぢつと《手》を見る　（砂・101）

〔**歌意**：働いても……。働いても生活は楽にならない。じっと手を見つめるだけだ。〕

啄木は借金魔として有名である。「借金メモ」によると合計額は一三七二円五〇銭と記されているので、現在に換算すると一千万円程の借金を抱えたまま亡くなっていることになる。そのため啄木には仕事をしない怠け者のイメージが定着しているようである。しかし、父親の一禎が住職を罷免された以後は家族を支えるため小学校の代用教員、新聞社の記者や校正係の仕事などに従事している。特に最後の朝日新聞社においては、校正係として入社するが、翌年には「朝日歌壇」の撰者に抜擢されるなど実際には職務に奮闘しているので、そのことをまず力説しておきたい。

さて右の「はたらけど〜」の歌には、貧窮に喘ぐ勤労者の心情が巧みに描かれていて印象深い。但し一首のテーマを「個人的な嘆き」とみるか「現実社会の不条理」とみるかにより解釈は大きく異なる歌である。作歌時期は明治43年7月26日夜となっているが、その数カ月後から啄木の家族は次々に病魔に襲われ悲惨な「生活」に追い込まれるので、結果的に啄木晩年の苦悩を暗示するような歌として鑑賞されることも大きな特色になっている。

また、この歌は後世の短歌史にも多大な影響を与えることになる。川上肇による『貧乏物語』は大正五年「大阪朝日新聞」に連載された評論であるが、翌年に出版されベストセラーになっていて、資本主義による産業化の水面下で深刻な社会問題となった「貧乏」（貧困）・「ワーキングプア」・「格差社会」等のテーマを掘り下げ社会に大きな衝撃を与えた本として有名である。その『貧乏物語』に右の「はたらけど〜」の歌が貧乏の象徴例として引用されたことから、啄木はプロレタリア文学の旗手として崇められることになるからである。

・こころよく／我にはたらく仕事あれ／それを仕遂げて《死なむ》と思ふ（砂・20）

〔**歌意**：どうか気持ちよく働ける仕事が欲しい。それを仕遂げてから死にたいと願っている。〕

啄木の「仕事」を考察する時には、啄木独自の「職業観」の変遷に触れなければならない。池田功著『石川啄木入門』（桜出版）によると、啄木は最初文学を「天職」と考えていたが、「妻節子の家出事件以後に反転」していると結論付けている。すると右の歌は妻の家出から半年ほど後の作歌なので、「仕事」は必ずしも「文学」のみに限定されないようにも思われる。

・こみ合へる《電車》の隅に／ちぢこまる／ゆふべゆふべの我のいとしさ（砂・21）

〔**歌意**：通勤に疲れ、満員電車の隅で縮まっている毎夕の自分の姿の愛おしいことよ。〕

この歌は、ラッシュアワーの通勤地獄を描写した最初の歌として有名である。啄木は当時、本郷区弓町の喜之床の二階に間借りしていた。そこから京橋区滝山町の朝日新聞社に通勤していたので、仕事に疲れ路面電車の隅に身を寄せる我が身の姿を詠んだものと思われる。

・実務には役に立たざる《うた人》と／我を見る人に／金借りにけり（砂・56）

〔**歌意**：実利的な仕事には不向きな歌人と、私を蔑む人から金を借りた惨めさよ。〕

啄木が「借金魔」であることはよく知られている。宮崎郁雨著『函館の砂』（洋々社）に「啄木は詩歌に於て逸早く天才の名を謳われたが、終始貧乏に追われて居たせいか借金をする事に於ても矢張天才的でありました」との説明があり、具体的に啄木の「無心状」（書簡）を紹介しているが、いずれも感動的な名文である。右の歌のモデルは不明だが、文学に無縁な相手に無心する様子が偲ばれ面白い。

・この次の《休日》に一日寝てみむと／思ひすごしぬ／三年このかた（砂・116）

〔**歌意**：今度の休日には一日中寝てみたいと、思い続けて過ごした三年もの間よ。〕

右の歌は休日の一日だけでものんびり休んでみたいと願望し、それさえも不可能な啄木の生活の「哀感」を表現した歌と理解されている。しかし、この歌の初出は『スバル』（明治43年11月号）であり、『一握の砂』入集歌を最も多作した時期ということを考えるなら、生活苦による「哀感」の歌との断定は困難とも思われるが如何でしょうか。

愛児の死

キーワード⑨〔挽歌〕　※関連歌五首　啄木名歌の完成にチャレンジ!

・夜おそく
つとめ先よりかへり来て
今(a)《生まれし・笑みし・死にし》てふ児を抱けるかな　『一握の砂』(544番歌)

・二三こゑ/《(b)》きはに微かにも泣きしといふに/なみだ誘はる　『一握の砂』(545番歌)

・真白なる《(c)》の根の肥ゆる頃/うまれて/やがて死にし児のあり　『一握の砂』(546番歌)

・かなしみの強くいたらぬ/《(d)》よ/わが児のからだ冷えてゆけども　『一握の砂』(550番歌)

・かなしくも/夜明くるまでは残りゐぬ/息きれし児の《(e)》のぬくもり　『一握の砂』(551番歌)

〔挽歌〕の解説　↓※『クイズで楽しむ啄木101』87項〔真一挽歌〕参照

・夜(よる)おそく／つとめ先(さき)よりかへり来(き)て／今(いま)《死(し)にし》てふ児(こ)を抱(だ)けるかな（砂・544）

〔**歌意**：夜遅くに勤め先から帰り、今死んだばかりの我が児を抱きしめた悲しさよ。〕

啄木と節子に待望の長男が誕生する。その喜びの心情は『一握の砂』誕生の時期にも重なり、啄木の人生の絶頂期でもあった。例えば岡山儀七宛の書簡（明治43年10月10日）には「今度生れたるは男の子にて真一と命名いたし候、『一握の砂』が産婆の役をつとめたる次第に候、草々、」との説明に続いて

・十月の産病院のしめりたる長き廊下のゆきかへりかな

・十月の朝の空気に新しく息吸ひそめし赤坊(アカンボ)のあり

・真白なる大根(ダイコン)の根のこゝろよく肥ゆる頃なり男生れぬ

の長男誕生祝福の三首が記されていて、啄木の興奮が伝わってくるようである。

しかしその長男真一は、僅か二十四日で死去という儚い運命であった。その落胆の心情は妹の光子、金田一京助、西村陽吉などの書簡にも記されるが、ここでは宮崎郁雨宛書簡（明治43年10月28日）

を引用してみる。

　拝啓長男真一事兎角発育思はしからず加養に手を尽し居候ひし処遂にその効なく昨夜零時半死亡仕候、当夜は夜勤のため深夜帰宅致候ひしに、今二分間許り前に脈がきれたといふところにて、早速かゝりつけの医師を迎へ注射を乞ひ候ひしも何の反応なかりし次第、その時はまだ体温生時と変らず何うしても死んだとは思はれざりし事に御座候、一家の愁嘆お察し被下度、僅か二十四日の間この世の光を見た丈にて永久に閉ぢたる眼のたとへがたくいとしく存候、葬儀は明二十九日浅草永住町了源寺と申す寺にて相営むべく、先は不取敢御知らせまでかくの如くに御座候、早々

十月二十八日　東京市本郷弓町二ノ十八　石川一拝

　右の二通の書簡を比較してみるなら、長男真一誕生の喜びが一転して悲惨な状況に変貌し、その結果『一握の砂』の世界は、まるで啄木の波乱万丈の運命を象徴するかのような「真一挽歌」八首で閉じられることになった。

・**二三（ふたみ）こゑ／《いまはの》きはに微（かす）かにも泣（な）きしといふに／なみだ誘（さそ）はる**（砂・545）

〔**歌意**：二声、三声、臨終の瞬間にかすかに泣いたと聞き、涙が次々にこみ上げてくる。〕

啄木の「当用日記補遺」によれば、長男真一は「生れて虚弱、生くること僅かに二十四日にして同月二十七日夜十二時過ぐる数分にして死す。恰も予夜勤に当り、帰り来れば今まさに絶息したるのみの所なりき。」とある。右の歌には、その愛児の臨終の様子を母や妻から聞かされ落涙に咽ぶ心情が詠まれている。

・真白（ましろ）なる《大根（だいこん）》の根（ね）の肥（こ）ゆる頃（ころ）／うまれて／やがて死（し）にし児（こ）のあり（砂・546）

〔**歌意**：真白に大根が肥える頃に生まれて、まもなく死んでいったわが児よ。〕

右の歌は「真一挽歌」八首中の一首であるが、元歌は実は誕生を喜ぶ歌であった。それは例えば岡山儀七宛書簡（明治43年10月10日）の中に、長男真一の誕生歌として「真白なる大根（ダイコン）の根のこゝろよく肥ゆる頃なり男生れぬ」の歌が含まれていることからも分かる。

詳細は誕生歌から挽歌への改変の拙論「真一挽歌の形成」（『『一握の砂』『悲しき玩具』―編集による表現―』・おうふう）を参照願いたい。

・かなしみの強（つよ）くいたらぬ／《さびしさ》よ／わが児（こ）のからだ冷（ひ）えてゆけども（砂・550）

〔**歌意**：悲しみの心情が迫ってこない淋しさよ。我が児の体が少しずつ冷えてゆくのに。〕

長男真一の死去に際し右の歌には「かなしみの強くいたらぬ」との心情描写があるが、それは西村陽吉宛書簡（明治43年10月29日）に「拝復、御弔詞難有存じ奉り候、お言葉の自然の力、あまりの不思議に瞠目するのみと申さんか、あつけにとられたりと申さんか、悲しみて悲しみ深く到らず」との説明がある。

・かなしくも／夜明（よあ）くるまでは残（のこ）りゐぬ／息（いき）きれし児（こ）の《肌（はだ）》のぬくもり（砂・551）

〔**歌意**：悲しくも夜明けまで残っていた。息が絶えた我が児の肌のぬくもりよ。〕

体温が僅かに残る我が子を抱き、号泣する啄木の悲痛な叫びが伝わってくる。

この歌で「真一挽歌」八首は閉じられ、『一握の砂』は啄木の運命を象徴するかのように悲哀で結ばれることになる。なお、真一の法名は法夢禅孩子（ほうむぜんがいじ）である。

病院の長廊下

キーワード⑩ 〔夭折〕 ※関連歌五首　啄木名歌の完成にチャレンジ！

・呼吸すれば、
胸の中にて鳴る音あり。
(a)《凩・笛の音・ピストル》よりもさびしきその音！　『悲しき玩具』（2番歌）

・眼閉づれど／心にうかぶ《(b)》。／■さびしくもまた眼をあけるかな　『悲しき玩具』（1番歌）

・そんならば生命が欲しくないのかと、／《(c)》に言はれて、／だまりし心！　『悲しき玩具』（90番歌）

・買ひおきし、／《(d)》尽きたる朝に来し／■友のなさけの為替のかなしさ。　『悲しき玩具』（187番歌）

・今日もまた《(e)》痛みあり。／■死ぬならば、／■ふるさとに行きて死なむと思ふ。　『悲しき玩具』（150番歌）

〔夭折〕の解説　↓※『クイズで楽しむ啄木101』98項**〔絶筆短歌〕**参照

・呼吸すれば、／胸の中にて鳴る音あり。／■《凩》よりもさびしきその音！（玩・1）

〔**歌意**：息をするたびに胸の中で鳴る音がする。凩よりも寂しく悲しい音が。〕

この歌は啄木最晩年の作であり、結核症により夭折する直前の病状が生々しく詠出されている。この病魔との戦いは啄木の遺歌集である『悲しき玩具』で辿ることができる。その『悲しき玩具』という歌集名、及び右の歌の配列意図に関しては東雲堂版『悲しき玩具』の巻末に、

　これに収めたのは、大てい雑誌や新聞に掲げたものである。しかし、こゝにはすべて「陰気」なノートに依つた。順序、句読、行の立て方、字を下げるところ、すべてノートのままである。たゞ最初の二首は、その後帋片に書いてあつたのを発見したから、それを入れたのである。

―（中略）―

　表題は、ノートの第一頁に「一握の砂以後明治四十三（ママ）年十一月末より」と書いてあるから、それをそのまゝ表題にしたいと思つたが、それだと「一握の砂」とまぎらはしくて困ると東雲堂でいふから、これは止むをえず、感想の最後に「歌は私の悲しい玩具である」とあるの

をとつてそれを表題にした。これは節子さんにも傳へておいた。あの時、何とするか訊いておけばよかつたのであるが、あの寝姿を前にして、全快後の計畫を話されてはもう、そんなことを訊けなかつた。

（四十五年六月九日）

との土岐哀果の解説文が付されていて、啄木の遺志を受け継いだ哀果の判断であることがわかる。

この「呼吸すれば、～」の歌と次の「眼閉づれど～」の歌は「白鳥の歌」と称されていて、その肉筆原稿を元に「石川啄木終焉の地」歌碑が平成27年3月22日に建立されている。その隣には「顕彰室」も設置され啄木に関する資料も展示されているので文学散歩の折に立ち寄っていただきたい。

・眼閉（めと）づれど／心（こころ）にうかぶ《何（なに）もなし》。／■さびしくもまた眼（め）をあけるかな（玩・2）

〔**歌意**：目を閉じても心に何も浮かばない。寂しさにまた目をあけることよ。〕

前頁「呼吸すれば、」の歌とともに啄木の生涯最後の歌である。啄木は結核により自宅療養の状態であり、妻の節子は肺尖カタルで伝染の危険もあることから、喜之床から立ち退きを申し渡され、小石川に転居。さらに母カツも喀血して病床に倒れ、絶望感に打ちのめされている詠嘆であろうか。

・そんならば生命が欲しくないのかと、／《医者》に言はれて、／だまりし心！（玩・90）

〔**歌意**：「それなら命が欲しくないのか」と医者に言われ、黙りこむ我が心の悲しさよ。〕

啄木は明治44年2月1日に三浦内科で診断を受けていて、その際に啄木が「痛くないんだから、仕事をしながら治療するといふやうな訳にいきませんか。」と尋ねたところ、青柳登一医師から「そんなノンキな事を言つてゐたら、あなたの生命はたつた一年です。」（宮崎郁雨宛書簡）と宣告されている。青柳医師の診断は一年後に現実の悲劇となってしまうのである。

・買ひおきし、／《薬》尽きたる朝に来し／■友のなさけの為替のかなしさ。（玩・187）

〔**歌意**：買っておいた薬がなくなった朝に届いた、友の情けの為替の哀しさよ。〕

啄木の家族は病人も多く絶望的な状況であり、親友の宮崎郁雨からの援助（7月13日に15円、8月2日に引越費用40円の電信為替）に支えられていた。ところが、その直後に二人は絶交し、啄木の死を早める運命が待ち受けていた。

・今日もまた《胸に》痛みあり。／■死ぬならば、／■ふるさとに行きて死なむと思ふ。（玩・150）

〔**歌意**：今日もまた胸に痛みがある。どうせ死ぬならば故郷に戻り死にたいと思う。〕

加藤四郎宛書簡（明治44年7月1日）に「今まで何ともなかつた左の胸が痛み出して、ひどい時は夜一夜冷水湿布をやつて眠らずにしまつた」の記述があり、心細さに望郷の念が湧き起こったものと思われる。

第二章　《啄木研究史の転換》　エポック10

【啄木は何故、中学校を退学したのか？】

戦後における本格的な啄木研究は、岩城之徳氏の伝記研究によって幕を開ける。その代表的な著作は『石川啄木傳』（東寶書房・昭和30年11月20日）、『補説　石川啄木傳』（さるびあ出版・昭和42年11月20日）、『石川啄木伝』（筑摩書房・昭和60年6月25日）の三冊となる。啄木の文学は、短歌にしても評論にしても、啄木の実人生に密接に拘っているため「伝記」の詳細な検証がすべての啄木研究の前提になるという特色がある。その啄木の「伝記」考証の分野は岩城氏の独壇場であり、その成果に導かれながら啄木研究は進展してきたことになる。その具体例は枚挙に暇がないが、ここでは「中学退学」の真相の問題に焦点を当ててみたい。

啄木が盛岡中学を突然に中退したのは何故なのか？　この素朴な疑問は、実は長い間、謎に包まれたままであった。但し当時の啄木が与謝野晶子の『みだれ髪』に心酔していたのは有名な話であり、堀合節子との初恋に浮かれ勉学への意欲を喪失していたのも周知の事実である。したがって我々は、啄木が盛岡中学を退学したのは、文学への傾倒と初恋への耽溺に因るものと漠然と想定してきたことになる。退学を決意した決定的な要因は他にあったのか否か、本項目ではその問題の検証がテーマになる。

なお、盛岡中学は、啄木が入学した明治31年には「岩手県盛岡尋常中学校」であり、退学時には「岩手県立盛岡中学校」と名称を変えているが、ここでは単に「盛岡中学」と表記して説明を続けたい。

【岩城之徳説による研究史の転換】

啄木が入学した盛岡中学（岩手県盛岡尋常中学校）は、当時岩手県唯一の中学校であり、当然のように岩手県中の秀才が集い、後の著名人を輩出していることで有名である。例えば、米内光政（首相）・原抱琴（俳人）・金田一京助（言語学者）・及川古志郎（海軍大臣）・郷古潔（三菱重工社長）・野村胡堂（作家）などを輩出している。つまり盛岡中学を卒業することは「超エリートコース」への登竜門とみなされていたことになる。

すると啄木は何故、その「エリートコース」への階段を自ら降りたのか、という素朴な疑問が湧いてくる。しかも、卒業まで残り僅かというタイミングでの「退学」という最悪の選択である。その理由の詳細を理解できなかった我々は、その時期が節子との初恋の悩み、晶子『みだれ髪』の影響による文学熱の高まり等の時期に重なることから無理矢理に「納得」してきた経緯がある。

ところが、岩城氏による伝記研究において、その疑問解明への「決定打」が報告された。それは啄木が複数回における「カンニング」を繰り返し、「退学勧告」の末に「退学願い」の提出に追い込まれたという衝撃的な「事実」であった。岩城氏の調査は細部にまで及んでいて、例えば啄木の「学籍簿」に記載されたカンニングの記録として、

三十五年三月学年末試験中不都合ノ所為アリタルニ依リ譴責セラル　（三十五年四月十七日）

三十五年七月第一学期試験中不都合ノ所為アリタルヲ以テ譴責セラル　（三十五年九月一日）

の記述、及び盛岡中学校「校会決議録」・「石川一保証人（田村叶）召喚」の新資料等も次々に報告されている。啄木の「カンニング」に対する岩城氏の調査報告の紹介は次の項目に譲るが、いずれにしてもこれら一連の詳細な伝記研究により、啄木人生における謎の一つが解明されたことになる。そして岩城氏の精力的な考証により、啄木が後に辿る漂泊の人生は「カンニング」事件により幕を開けたことが啄木伝記の常識になっていった。

【岩城之徳説の要旨・抜粋】

前項において、啄木が盛岡中学を退学した理由は複数回の「カンニング」に因るものであること

を説明した。そして、その調査報告は岩城之徳氏の伝記研究の成果であることも記した。岩城氏の伝記研究書と言えば、

・『石川啄木傳』（東寶書房・昭和30年11月20日）
・『補説　石川啄木傳』（さるびあ出版・昭和42年11月20日）
・『石川啄木伝』（筑摩書房・昭和60年6月25日）

の三冊が有名であり啄木研究者にとっては必備の書であるが、専門書であるため一般には馴染みの薄い本になるかと思われる。そこで誰もが簡単に検証可能なように、啄木の「カンニング」に関する岩城氏の著作の該当箇所を以下に示しておきたい。

《岩城論文　抜粋A》『石川啄木傳』（東寶書房・昭和30年11月20日）

要するに、当時の啄木の学校生活は内外共にゆきづまり早晩、何等かの形で解決の必要に迫られていたといえよう。

しかし、中学を退学して上京するには、この他に直接の動機があったと考えられる。啄木も「此煩悶と疑問とは、三十五年の秋、家事上に或る都合の出来た時、余をして別に悲しむ所なく、否寧ろ、却つて喜び勇んで、校門を辞せしめた」と述べ、直接の動機として家事上の或る都合と

いうことをあげている。だが遺憾なことには、この「家事上の或る都合」というのが何であったか、現在の段階では資料的に明らめることが出来ない。

ただ盛岡時代、一年程啄木と起居を共にした従弟の桐原雄蔵氏が「父工藤常象などより聞いた処によると、啄木が盛岡へ遊学出来たのは、小学校時代の神童ぶりを愛した檀家の有力者が、宝徳寺のあとをつぐことを条件として承認したためである。しかし彼は僧籍に入るのを嫌っていたので、盛岡中学を退学したのはこれに関連したためではないかと思っている」と、注目すべき発言をされているので、もし彼の盛岡遊学の費用がそうした条件によっていたとすると、これを嫌つた啄木が、将来の方針を決すべき中学五年の秋に、突然退学して上京し、独力によって身を立てんとしたのは一応納得がゆくのである。しかし現在渋民の古老間にはそうした事情について知る者はない。今後研究を要すべき問題であろう。

［補記］ 右で確認した通りA論考の段階では、啄木の「カンニング」に関する説明は全く存在しない。次のBに至って、「カンニング」の記述が初めて登場することになる。つまり、岩城氏による伝記考証は年を経るほど詳細になっていくことが判明する。

《岩城論文　抜粋B》『補説　石川啄木傳』（さるびあ出版・昭和42年11月20日）

こうして啄木にとっては最後の中学生活となった明治三十五年度を迎えるのであるが、五年に進級したものの欠席が多く学期末の試験になってもまったく自信のなかった彼は、窮余の一策として特待生の狐崎嘉助の援助を求め、共謀して数学の試験に不正行為をはたらいたが、発覚して処分を受け運命の転期となった。

このカンニング事件について級友の船越金五郎は、「一学期の試験の数学の時、狐崎君が答案二枚作成し、その一枚を教室から先に出る際啄木に渡したのを教師に発見されたのである。」と説明している。

この啄木らの不正行為は一学期に起こった他の三組のカンニング事件とともに三回にわたる職員会議で審理された結果、二人とも答案無効、譴責の処分を受け、啄木は保証人田村叶が召喚され、狐崎は特待生の身分を剥奪された。

現存する盛岡中学校校会決議録によると、明治三十五年七月十五日の校会（現在の職員会議）でこの処分が決定しているが、この日審議された四組のカンニング事件中保証人の召喚が決定したのは啄木一人である。

この保証人田村叶の召喚がなにを意味するものか、校会決議録には記載がないので明らかでないが、この事件による処分が全校に発表された直後に啄木の退学願が出されている点から察して、あるいは転校または依願退学が勧告されたのではないかと想像される。

［補記］このB論考の段階において、啄木の「カンニング」に関する記述が初めて登場する。岩城氏の新資料発掘により中学退学の真相が明確になり、啄木の伝記もここで大幅に修正されることになった。

《岩城論文　抜粋C》『石川啄木伝』（筑摩書房・昭和60年6月25日）

なお明治三十五年七月十五日十一時に開催された盛岡中学校の「校会」において次の事項が決定されている。

一、試験不正生即チ狐崎嘉助、石川一、菊地宗之、千葉周治、新里忠兵衛、小林茂雄、八重樫卓爾、高橋長蔵、藤原嘉藤治ニ対シテハ校会決議ニヨリ（三次会ニ於テ）各答案ヲ無効トシ、譴責ニ処スルコト、特待生（狐崎、小林、高橋）ノ停止ハ来学期マデ延期スルコト。

一、小林茂雄ノ召喚（七月十六日）再審ノコト。

一、石川一保証人（田村叶）召喚ノコト。

一、八月三十一日午後一時集会ノコト。
一、来始業ノ際ハ近藤、橘川両教諭ニ於テ生徒ニ対シ演説ヲ為スコト。

啄木の友人船越金五郎の書いた当時の日記によると、啄木らカンニングを行なった者の処分は夏休みあけの九月二日校内に提示されたが、啄木はその後登校せず十月になって「家事の都合により」という理由で退学願を提出、上京している。現存する教務係所管の盛岡中学校の「回議件名簿」には、「二六五号　十月二十七日　乙五石川一退学願許可」とあるので、彼の退学は持ち回りで決定されたことがわかる。

以上の資料の発掘から、私はこの二回にわたるカンニング事件と、欠席が多いことを理由に、啄木は中学校当局より退学ないし転校の勧告を受けたのではないかと推察する。このことは前述の七月十五日の校会で処分を受けた四組の不正行為中、保証人の召喚が決定したのは啄木一人であったことからも容易に察せられるのである。また退学の勧告がなくとも、啄木の場合前述の成績と欠席時数からいって、学年末の落第は必至であったので、自尊心の強い彼が、この悲運を回避するため自ら進んで退学したとも考えられる。

いずれにせよ啄木は明治三十五年十月二十七日をもって盛岡中学校を退学し、文学をもって身を立てるために上京するのである。

［補記］前記C論考の段階において、啄木の「カンニング」事件の顛末は全て詳細に開示されたことになる。啄木の人生においても、啄木の人生に密着した短歌詠においても、岩城氏のこの発見は重大な意味を持つことになる。数多い伝記考証の成果の中でも金字塔と評される由縁である。

エポック② 〔切断の歌〕 ―近藤典彦氏の発見―

【『一握の砂』における編集手法とは？】

『一握の砂』は魅力溢れる歌集である。その魅力の源泉は、啄木が試みた斬新なアイデアにあると思われる。表記面においては画期的な三行書きによる独特の旋律を導入し、編集面においては啄木の波乱万丈の人生ドラマを再現するかのような五章構成も印象深い。因みにその五章を具体的に記してみるなら、

我を愛する歌　（自己の生をいつくしむ歌）
煙　（「煙一」は盛岡時代、「煙二」は渋民時代）
秋風のこころよさに　（一昨年の秋の紀念）
忘れがたき人人　（「一」は函館より釧路、「二」は橘智恵子を思う歌）
手套を脱ぐ時　（「これは右以外のうた」と啄木本人が記している。）

のような構成になっていて、『一握の砂』を通して「神童」→「初恋」→「一家離散」→「漂泊」など目まぐるしく展開した啄木の人生ドラマの悲哀・感動が再現されるようになっている。

いずれにしても、啄木は『一握の砂』の編集に巧緻をめぐらしていることが近時の論考により明確になってきている。すると我々が『一握の砂』を鑑賞する際には、一首の歌の素晴らしさに魅了されるだけでなく、配列構成の描き出す世界にも魅惑されていることになる。当然のようにこの分野の研究は盛んであり、例えば『一握の砂』巻頭を飾る「砂山十首」、そして巻末を飾る「真一挽歌」八首、或いは橘智恵子への思慕の情を詠んだ「忘れがたき人人　二」22首の形成論などに至っては枚挙に暇がないほどである。配列構成の繊細さは『一握の砂』の最大の特色でもあるので、刊行後百年の研究史を振り返るなら、その魅力解明の検証作業は「充全」であるかのような印象もある。

【近藤典彦説による研究史の転換】

佐藤勝著『石川啄木文献書誌集大成』（正続）によると、啄木に関する論考・随想は毎年度400本を超えていることが分かる。その多くは『一握の砂』に関連していて、歌集の配列構成を考察した論文だけでも夥しい数になる。刊行後の百年の研究史を辿るなら、誰もが啄木の編集意識はほぼ解明されたと考えていたことになる。

ところが、近藤典彦氏が百年の時を超えて衝撃的な論考を発表した。それは同時に発表された次の論文A・Bである。

A 「東雲堂版『一握の砂』からのメッセージ
――一九一〇年一二月発二〇〇〇年一月着――」
（『国際啄木学会東京支部会報』第8号・平成12年3月）

B 「続・東雲堂版『一握の砂』からのメッセージ
――一九一〇年一二月発二〇〇〇年一月着――」
（『国際啄木学会研究年報』第3号・平成12年3月）

右の論文の特色は、啄木の配列意識を考察するためには、啄木自身が直接に編集した初版の『一握の砂』（東雲堂書店・明治43年12月1日）に着目すべきという独自の視点にある。つまり一頁二首、見開き四首の版面構成を基準にした「四首単位」での割付にこそ（百年前の）啄木の編集意識が反映されているという斬新な論であり、その配列意識から導かれた顕著な発想が「切断の歌」という理論になる。

この「切断の歌」という近藤説は従来の『一握の砂』形成論を根底から覆すものであり、その後の歌集論の基本法則とみなされるようになった。事実、「切断の歌」理論によって登場人物の認定など、長年の謎が次々に解明されることになった。因みに近藤典彦編『一握の砂』（桜出版）の脚注によると「切断の歌」に該当するのは「忘れがたき人人　二」の四首（313・325・329・349）、「手套を脱ぐ時」の五首（458・463・466・470・486）の合計九首であると思われる。

「切断の歌」理論の具体例は、次項に近藤論文を抜粋して紹介することになるが、実は稿者（大室）も近藤説に導かれて「小さな発見」をしている。それは、近藤理論の検証のために初版の『一握の砂』（東雲堂書店）を精査したところ、各章の末尾歌が全て右頁一首目に配置されているという「法則」を偶然に発見したことである。近藤説「切断の歌」の驥尾に付しての「小さな発見」であるが、この「法則」は『一握の砂』の歌数の問題に密接に絡んでくるので、実は稿者だけでもそのテーマだけで数編の論文を記していることを申し添えておきたい（本書第三章「アラカルト⑩」参照）。

【近藤典彦説の要旨・抜粋】

この項目においては、『一握の砂』の配列構成論の研究史に転換をもたらした近藤氏の「切断の歌」理論を具体的に示してみる。すでに前節で近藤論文の[A]と[B]を紹介したが、ここでは[A]のみに限定しての説明になる。

なお、「切断の歌」の理論は、後に一部改稿を経て近藤典彦著『『一握の砂』の研究』（おうふう・

平成16年2月）に収められているので参照をお願いしたい。

《近藤論文　抜粋Ⓐ》「東雲堂版『一握の砂』からのメッセージ
——一九一〇年一二月発二〇〇〇年一月着——」

二〇〇〇年一月一〇日に国際啄木学会東京支部の研究会があった。そこでおこなった研究発表のレジュメをもとに本稿をしたためる。

『一握の砂』全五章中の一章「忘れがたき人人」（一・二）をわたくしが読んだ回数は百数十回になるのか、数百回になるのかもうわからない。ある頃からこの章は、そしておそらく『一握の砂』の全体もかなり計算されて編集されているのではないか、と思うようになった。歌人が歌集を編むにあたってさまざまの考慮を払うのはあたりまえであろう。そうした一般的な意味でのレベルをずっと超えた編集がなされているのではないか、と思うようになってきたのである。

とくにここ二、三年前から、一九一〇年（明43）一二月刊の東雲堂版『一握の砂』（以下「原書」と呼ぶ）があるメッセージを送信してくるようになった。それは、「忘れがたき人人」の編集の巧みさに関する断続的な情報であった。

ある時そのメッセージを本気で一貫して受信しはじめると、それは巧緻をきわめる編集がなされている事実を明かしてくれた。

以下にその事実を伝える。

啄木は、第一詩集『あこがれ』の編集、雑誌『小天地』『スバル』の編集、新聞『小樽日報』『釧路新聞』の編集等の経験があったうえ、資質的にもすぐれた編集・割りつけのセンスをもっていた。彼は「忘れがたき人人」（一・二）の編集においてその経験とセンスをいかんなく発揮するのである。まず「一」から見て行こう。

周知のように「忘れがたき人人　一」は「北海曾遊回顧」の歌々からなるが、それは大筋次のように編集されている。

まず冒頭で北海道に住む「忘れがたき人人」への親愛と北海道の大地へのなつかしみをこめて

潮かをる北の浜辺の
砂山のかの浜薔薇よ
今年も咲けるや

とうたう。これはいわばプロローグである。

次に、渋民から青森までの旅をうたう2首、ついで函館時代をうたう26首、函館を去って札幌に向かう夜汽車の歌4首、札幌時代をうたう4首、札幌を去って小樽へ向かう車中の歌1首、小樽時代をうたう19首、中央小樽駅をたって岩見沢・旭川経由で釧路に着くまでの歌22首、釧路時代の歌31首が編まれる。以上110首の歌々の抒情と韻律に身をゆだねて来たものには、万感胸をうつエピローグが待っている。

浪淘沙

ながくも声をふるはせて

うたふがごとき旅なりしかな

こうして各歌群は啄木の漂泊の流れの時間軸に沿って配列されている。

さて本論に入ろう。原書166頁から169頁まで、174頁から177頁までを示すと次のようである。

166頁 ① 船に酔ひてやさしくなれる〜

② 目を閉ぢて／傷心の句を〜

167頁 ③ をさなき時／橋の欄干に〜

④ おそらくは生涯妻を〜

168頁 ① あはれかの／眼鏡の縁を〜

169頁　②　友われに飯を与へき〜
　　　③　函館の青柳町こそ〜
　　　④　ふるさとの／麦のかをりを〜

174頁　①　巻煙草口にくはへて〜
　　　②　演習のひまにわざわざ〜
　　　③　大川の水の面を〜
　　　④　智慧とその深き慈悲とを〜

175頁　①　こころざし得ぬ人人の〜
　　　②　かなしめば高く笑ひき〜
　　　③　若くして／数人の父と〜
　　　④　さりげなき高き笑ひが〜

まず166頁を見ていただきたいのだが、二首目の「目を閉じて」の歌から167頁の「をさなき時」「おそらくは」までの歌は、函館時代に親しくなった岩崎正をうたったものである。このことは先行研究によってとうに知られている。ただ、次のことに留意しておかれたい。

この三首が見開き右の頁すなわち偶数頁の二首目と左の頁すなわち奇数頁とに割りつけられていること、これである。

次に174、175頁を見ていただきたい。174頁二首目の歌「演習の」から175頁「智慧とその」までの三首は郁雨宮崎大四郎を思う歌である。割りつけが同じであることに留意されたい。

176、177頁をごらんいただきたい。「かなしめば」から「さりげなき」までの三首は吉野章三をうたったものである。先の二つとまったく同じ割りつけである。

別稿で論じたことだが、「忘れがたき人人　二」では男の同一人物が三首以上うたわれることはなく、さらにその同一人物は必ずまとめて割りつけられている。

以上によってわれわれは啄木が三人の親友の歌をまったく同じ位置—見開きの第二、三、四番目—に計算して配置したのであろう、との推定にみちびかれる。

次にこの三首の前後にいかなる配慮が働いているかを見てみよう。岩崎正をうたった三首のある166、167頁にもどる。原書の場合四首目の「おそらくは」の歌を読んだ読者は頁をめくることになる。そこに現われるのは「あはれかの……女教師よ」の歌である。この歌はここに（偶数頁の第一首目に）位置づけられることによって少なくとも二つの機能をはたす。

一、若い女の歌であるから、もう前三首でうたわれた人物（岩崎正）の歌は終ったのだ、ということを示す。それはすなわちこのあとに現われる歌の「友」が別人であることを示すことでもある。（こころみに168頁の二つの歌の位置が逆になったとしよう。すると「おそらくは生涯妻をむかへじと／わらひし友よ／今もめとらず」を読んだ読者はつづいて「友われに飯を与へき／その友に背きし我の／性のかなしさ」を読むことになる。当然前三首と同一人物を詠んだ歌である、と誤解される公算が大きくなる。後者の「友」は松岡政之助なのである。）

二、若い男の歌から若い女の歌への移行はイメージ上一つの飛躍をふくんでいて効果的なシーンの転換となっている。しかもそれは頁を繰った瞬間におこっているのである。「めくる」という動作、そこに生ずる一瞬の間が計算されて割りつけられている。めくりの間を伴う場面転換の機能、これが第二の機能である。（この二つの歌の場合、「婚期」を逸しつつあるかに見える独身の男性、女性の歌であるという点からすると微妙な通底性もあり、歌はしずかについたり離れたりしてひびきあってもいるのである。）

わたくしは以上二つの機能のうち、とくに前者の機能に着目し、このような歌を「切断の歌」と呼ぶことにしたい。

――中略――

もう一つはっきりしたことがある。原書207頁から小奴の歌が始まる。岩城・今井説では次に掲げる歌を含む計13首が小奴関係の歌であるとされている。

さらさらと氷の屑が
波に鳴る
磯の月夜のゆきかへりかな

わたくしはこの歌をふくまぬ12首が小奴関係の歌であると考え、小著『啄木短歌に時代を読む』においても12首と記した（88頁）。その理由は岩城・今井両氏が主な根拠とされる啄木日記の当該箇所は根拠にならない、と考えたからである。はたしてこの歌は213頁という奇数頁の第一首目にすえられている。この章の割りつけの法則からすればこのような位置に一連の小奴関係歌の結びがすえられることはありえない。内容からも割りつけからもこれは切断の歌であると理会されるべきである。

［補記］ 右の近藤氏による「切断の歌」理論は、百年に及ぶ『一握の砂』研究史においておそらく最大の「発見」であると思う。初版の『一握の砂』（東雲堂版・明治43年12月1日）には

安価な復刻版もあるので、ぜひ啄木の編集意図を確認して欲しい。復刻版の入手が困難なら、近藤典彦編『一握の砂』（桜出版・文庫本）も便利である。

エポック③　〔歌集の形成論〕──藤沢全氏の推定──

〔歌集以前の姿〕

啄木の『一握の砂』と『悲しき玩具』は、謎の多い歌集として有名である。両歌集は刊行後百年を経た現在においてもなお幅広い層に愛誦されているにも拘らず、その形成過程が実は完全には理解されていないからである。『一握の砂』においては、その元資料となった「仕事の後」が現存していないことが最大の要因になっているし、『悲しき玩具』においては、啄木の遺稿となった元資料「一握の砂以後」のノートの成立過程が充分に検証されていないためもあるように思われる。

また、本書第二章のエポック⑩「『一握の砂』における「推敲」の前後」の項目、及びエポック・プラスワン「『悲しき玩具』における「推敲」の前後」の項目でも考察するように、歌集と諸雑誌との推敲の前後が未だに確定していないことも、両歌集が謎に包まれている理由であると思われる。

本項目では、啄木文学の代表作である両歌集について、その形成過程の紆余曲折の問題を整理してみたいと考えている。

【藤沢全説による研究史の転換】

前節において説明してきたように、『一握の砂』と『悲しき玩具』の両歌集における形成過程の解明は研究の途次にある。それは本格的な啄木学が伝記の考証から始まり、特に昭和三十年代以後の一定期間、伝記研究＝啄木研究という風潮があったことも無縁ではないと思われる。

その風潮の中で、藤沢全氏は独自の視点からの歌集形成論を次々に展開している。まず『一握の砂』に関しては「歌集『一握の砂』研究序説」(『日本大学文理学部三島研究年報・25輯』昭和52年2月)が報告され、さらに『悲しき玩具』においては「歌集『悲しき玩具』」(『国文学』20ノ13号・昭和50年10月)等の斬新な問題提起がなされている。この二つの論は後に『啄木哀果とその時代』(桜楓社・昭和58年1月)にまとめられ、以後の歌集形成論の道標になっている。

例えば、『一握の砂』の原型である幻の歌集「仕事の後」における最新の研究成果と言えば近藤典彦編『悲しき玩具』(桜出版・平成29年11月)になるが、近藤氏は「まえがき」の解説において

さて本書で復元したのは第一次「仕事の後」である。もちろん原稿は存在しない。しかし手がかりはある。石川正雄が、現存する啄木の歌稿ノート四冊中の墨で描かれた大きな丸印が「仕事の後」収録歌を表す記号であると指摘したのである(石川正雄編『定本石川啄木全歌集』)。

その後藤沢全がその著『啄木哀果とその時代』において研究を進め、八割近くの復元に成功した。

本書は先行研究者二氏の成果を継承し、函館市中央図書館・函館啄木会の高配のもと資料（カラーコピー）精査の機会を得て復元したものである。

と、藤沢説に導かれての研究成果であることを強調している。

もう一方の歌集『悲しき玩具』の元資料となった遺稿ノート「一握の砂以後」の形成論的研究に関しては、藤沢説の独擅場のような状況になっている。特に遺稿ノート「一握の砂以後」に付された「中点」の考証、及び五段階に区分しての検証報告は緻密を極め、その後四十年以上もの間、他の研究者が無条件で追随してきた経緯がある。因みに拙著『『一握の砂』『悲しき玩具』――編集による表現――』（おうふう・平成28年12月）の根幹となる第Ⅱ部・第一章「『悲しき玩具』の形成」は、その藤沢説に導かれ、「中点」の色区分に新たな仮説を提示した論ということになる。

いずれにしても、『一握の砂』『悲しき玩具』の形成論的研究は藤沢説によって初めて本格的な「科学的検証」が導入されたことになる。

【藤沢全説の要旨・抜粋】

それでは、具体的に藤沢説を引用してみたい。『一握の砂』には「歌集『一握の砂』研究序説」（「日本大学文理学部三島研究年報・25輯」昭和52年2月）、『悲しき玩具』には「歌集『悲しき玩具』」（『国文学』

20ノ13号・昭和50年10月）の初出論文もあるが、ここでは文献の検索が容易な藤沢全著『啄木哀果とその時代』（桜楓社・昭和58年1月）に収録されている「『一握の砂』の原型について」、及び「『悲しき玩具』の形成」を以下に引用することになる。

《藤沢論文　抜粋[A]》「『一握の砂』の原型について」

啄木の処女歌集『一握の砂』の原型が、明治四十三年四月四日から十一日にかけて編集された二百五十五首から成る「仕事の後」と題した歌集であったことは、周知の通りである。残念ながらその後の再編集（詳細後述）により原型をとどめぬため、今日まで、歌集『仕事の後』がいかなる作品を収めた歌集であるのか、少しも判らないで来た。しかしこの幻の歌集は、現行歌集の成立過程を知る上で重要であり、検討を要すことがらであるので、以下可能なかぎりその復元につとめてみたい。

まず現行歌集に残存すると思われる作品であるが、これは編集完了日までに確実に詠出されていなければならぬから、明治四十三年四月十一日以前の作品に限定される。そこで現行歌集を検討すると次の「表Ⅰ」（※省略）が得られる。

後述するように、この段階では五章の構成方法を採用していないので、作品配列については不明であるが、作歌時期からみてほぼ「表Ⅰ」に示した作品は、歌集『仕事の後』に採録されていたものと考えられる。これは総歌集二百五十五首の五十三パーセントに相当する。問題は残りの四十七パーセント、作品数にして百二十一首ほどの行方であるが、これについては啄木の遺した歌稿ノート、作歌手帳等の中に所在する可能性が大きい。事実、昭和三十一年十月十日八木書店より復刻された「石川啄木歌稿ノート『暇ナ時』」には、六十九首存在していることが、次に述べる理由から推定しうる。即ち、同ノート中百十八首の作品に毛筆の○印（やや形の変型したものもあるが）が施されており、現行歌集歌五十四首中五十首が、ことごとくこの毛筆○印歌中より採録されている。例外の四首は、おそらくあとの再編集のおり採録された可能性が大きいので、この統一的に付す毛筆の○印は、啄木が明治四十三年四月四日～十一日にかけての『仕事の後』編集の際、歌集採録歌としての目じるしにしたものと考えられる。したがって、この毛筆○印歌は、『仕事の後』採録作品だったと推定してさしつかえなかろう。そのことは、啄木が毛筆○印を付した既発表作品を再度推敲し、新たな発表（この場合は『仕事の後』採録）に備えていることでも首肯できるものである。

――中略――

2 『仕事の後』から『一握の砂』へ

次に現行歌集の成立過程を検討してみたい。書名が「仕事の後」から「一握の砂」へと変更になっていることからでも察せられるように、処女歌集は最初の構想をそのまま発展させたのではなく、途中で想を改め、内容を一新していることがわかる。いまその変遷＝発展過程を五段階に分けて箇条的に示すと、第一段階は前章で扱った歌集（以下これを『仕事の後』第一期と呼ぶ）。第二段階は東雲堂書店と出版契約を結んだ際に示した歌集（以下これを『仕事の後』第二期と呼ぶ）。第三段階は『一握の砂』の題下で再編集し、十月十一日東雲堂に渡した時点の歌集（以下これを『一握の砂』第一期と呼ぶ）。第四段階は前段階を増補した歌集（以下これを『一握の砂』第二期と呼ぶ）。第五段階はさらに挽歌八首を追加した歌集（以下これを『一握の砂』第三期または現行歌集と呼ぶ）ということになる。

――以下略――

［補記］ 右の藤沢氏によるⒶ論考において、『一握の砂』の複雑な形成過程が初めて体系的に明示されることになった。もちろん、すでに岩城之徳氏や今井泰子氏による大局的な考証は存在していたが、『仕事の後』から『一握の砂』への成立過程を五段階に区分しての緻密な検証報告は他の追随を許さない快挙となった。そしてもちろん、『一握の砂』の本格的な形

成論は、その藤沢説に導かれながら進展していくことになる。

《藤沢論文　抜粋B》「『悲しき玩具』の形成」

ところで『悲しき玩具』の形成を知るには、そのもととなった歌稿ノート「一握の砂以後――明治四十三年十一月末より」（ママ）の実体を明らかにする必要がある。この歌稿ノートは現在日本近代文学館に寄託されているが、幸いにも著者は同館に寄託される前に、これを所蔵された土岐善麿氏の御厚意により昭和四十七年十一月四日、目黒区下目黒の同氏宅を訪問、直接閲覧する機会を得た。その際判明したことをもとに、以下同ノートの記載状況を検討して、『悲しき玩具』の形成の経緯を明らかにしておきたい。

著者の調査によると、歌稿ノートへの記載は五つのパターンを踏んでいると考えられる。最初の段階は3番（ノートでは1番。以下同様の数え方とする。）の「途中にてふと気が変り、」の歌より68番の「ひと晩に咲かせてみむと、」の歌まで。ノートの各歌の横に同一インクで未発表歌に○印、既発表歌に◉印を付した部分に相当する。これは一気に記載されたものらしく、その時期は啄木が初めて句読点等を用いた作品を「創作」二月号原稿として若山牧水に送った明治四十四年一月十八日前後と考えられる。「生れたといふ葉書みて、」「そうれみろ、／あの人も子を」の二首（いずれも歌集初出）を認めて金田一京助に送った書簡の日付（明44・1・29）より幾日か前であることは、同書簡歌が爾後の記載段階を示す◉印（中点は朱色）の中に一括されていることによって理解できる。したがって啄木は手控えの作品を適宜挿入することを基本に、「秀才文壇」「早稲田文学」「曠野」「精神修養」各一月号及び「東京朝日新聞」一月八日号に発表ずみの作品に手を加え、句読点等を統一的に用いて前半部を整え、さらに「創作」二月号原稿に基いてこれをほぼ作歌順に浄書したものと認められる。

次の段階は69番「あやまちて茶碗をこはし、」の歌より114番「何か一つ／大いなる悪事」の歌までで、98番「何となく自分をえらい人の」の歌までを前期、99番「ふくれたる腹を撫でつつ、」の歌以降を後期とする。前期30首のうち22首は「コスモス」二月号、「早稲田文学」「文章世界」「創作」各三月号、「血潮」九月号に一部重複して発表されているが、たとえば、

古新聞！

おやここにおれの歌の事を賞めて書いてあり、

二三行なれど。

の歌でいえば、「早稲田文学」歌の原型となった「二三行なれど、／自分の歌のことを賞めて書いてある／古新聞かな。」との削除跡を歌稿ノートより読み取ることが出来る。同様のことがほ

かにも認められるので、おそらく前期の作品は、最初歌稿ノートに記入され、次にそのうちの一部が雑誌歌となった際に推敲され、現在のかたちになったものと思われる。これに対して後期16首は、「創作」「曠野」各三月号、「血潮」九月号に発表されている点では変りないが、左に掲げた作品のように二つの雑誌に同時に発表されながらも、字句等で両者が一致せず、しかも歌稿ノートの削除跡は一方に共通し他方に異なるといった奇妙な現象を呈している。

ふくれたる腹を撫でつつ、
病院の寝台に、ひとり、
かなしみてあり。

右の一首は最初歌稿ノートに「ふくれたる腹を撫でつつ、／病院の寝台に、ひとり、／かなしめるかな。」とあったのを、推敲して三行目を「かなしみてあり。」に改めたものであるが、「創作」歌は削除前のかたちをとり、「曠野」歌は添削後に合致している。ただ例外も認められるので、これをもって全体とすることはできないが、その大半は最初の寄稿歌によって浄書され、次の寄稿歌を準備しており、再度推敲されたものと考えられる。歌稿ノートへの記載時期は、前期が一月下旬より二月十八日にかけて。後期は二月十九日以降三月上旬の間であろう。なお、歌稿ノートの印は同じ寄稿歌でも前期分には◉印（中点は朱色）、後期分には〇印をもってこれを区別しである。これに続く115番「ぢつとして寝ていらつしやいと」の歌より130番「氷嚢のとけて温めば」の歌までが第三段階で、歌稿ノートでは◉印（中点は黒又は青色）の部分にあたる。最初「精神修養」四月号寄稿歌と未発表歌を組み合わせて浄書したと認められるが、一部「新日本」七月号寄稿歌に採られたおり再度推敲された結果、歌稿ノート歌の重複する分は「新日本」歌をほぼ最終形態としている。この期において初めて字句の上げ下げが始まった。

131番「いま、夢に閑古鳥を聞けり。」の歌より177番「五歳になる子に、何故ともなく、」までが第四段階。作歌は歌稿ノート上段のメモから「六月」であることが判明する。131番の歌に「かなしきことかな。」、132番「ふるさとを出でて五年、」の歌に「思ふごとくに」「おもふものの一つに」「見た」といった推敲前の原型を読み取ることができるので、最初に詠草を歌稿ノートに書き留めておき、そのうち40首を「新日本」「文章世界」「層雲」各七月号の寄稿歌としたものであろう。総じて歌稿ノート歌と雑誌発表歌との間に字句等の差異が少ない。

残り178番「解けがたき／不和のあひだに」の歌より194番「庭のそとを白き犬ゆけり。」の歌までが最後の段階をなす。歌稿ノートのメモによって作歌が「八月」であったことがわかるが、この段階に限って誤字・変体仮名・あて字が混淆して啄木らしからぬ筆跡なので、浄書はこれが「詩歌」九月号に掲載された前後に別人――おそらく妻の節子によって行なわれたものと推定される。

『悲しき玩具』の作品を原稿となった歌稿ノートをもとに検討すると、以上の結果となる。そしてこの事実は、自ずと第二歌集の成立の経緯を浮き彫りするものとなっている。

［補記］ 藤沢氏による右のB論考によって、『悲しき玩具』の本格的な形成論は初めて動き出した経緯がある。特に遺稿ノート「一握の砂以後」において、記入時期を想定しながらの「五段階」区分の緻密な検証は、その後の『悲しき玩具』論の礎となっている。

因みに拙著『『一握の砂』『悲しき玩具』――編集による表現――』（おうふう）の第Ⅱ部は、右の藤沢説に導かれながら一部修正を加え、新たに「中点」の色区分の視点を補足したものである（「エポック・プラスワン」参照）。

エポック④〔啄木短歌大観〕―望月善次氏の構想―

【啄木の短歌は何首あるのか？】

岩城之徳著『啄木全作品解題』（筑摩書房）の「短歌」の項目によると、啄木短歌の全貌は「総歌数四千百二十八首」ということになる。しかし啄木ファンだけでなく啄木研究者でさえ、関心は『一握の砂』551首と『悲しき玩具』194首のみに集中しているのが現状である。するとこのままでは啄木歌全体を踏まえた短歌史の把握は困難になるし、さらには各歌における「推敲」の流れを検証することも不可能になると思われる。もちろん啄木短歌の全貌を把握する手段が全く存在しないわけではなく、実際のところ、以下に示す数種類の啄木短歌「索引」は多くの人に活用されていることになる。

・村上悦也編『石川啄木全歌集総索引』（笠間索引叢刊・昭和48年2月）
・『石川啄木全集』（第一巻・歌集）（筑摩書房・昭和53年5月）の巻末索引
・清水卯之助編『編年 石川啄木全歌集』（短歌新聞選書・昭和61年4月）
・久保田正文編『新編 啄木歌集』（岩波文庫・平成5年5月）

右の四文献は大変に貴重であり、そこに含まれる「短歌索引」に我々研究者は完全に依存していることになる。但し、啄木短歌の「推敲」過程を詳細に検証するとなると限界があるのも事実である。啄木短歌の全貌を俯瞰できる新たな手段が渇望される由縁である。

【望月善次説による研究史の転換】

稿者（大室）の専門は上代文学であるが、万葉・古今・新古今など古典和歌を学ぶ者にとってバイブルとなるのは『新編 国歌大観』である。例えば歌語にしても歌枕にしても、その検索はすべて『新編 国歌大観』を参照するのが常である。しかし啄木の場合には前節でみてきたように、啄木短歌の全貌、つまり「総歌数四千百二十八首」を体系的に俯瞰できる文献に乏しかった。

この状況を憂えた望月善次氏は、啄木短歌の研究史を塗り替える構想を打ち出した。それは、古典和歌における『新編 国歌大観』の意義を含む『啄木短歌大観』というスケールの大きい構想である。その望月説の詳細は次節に紹介するが、実現に向けての準備は例えば

・望月善次著『石川啄木　歌集外短歌評釈Ⅰ
　　――一九〇一（明治三十四）年～一九〇八（明治四十一）年六月――』（信山社）

の著書などにより着々と進められている。もちろん『啄木短歌大観』は現段階においては構想の段

階ではあるが、実現すれば啄木短歌の研究史に多大な影響を与えることになる。実は稿者（大室）は啄木短歌における「推敲」意識の解明をライフワークと考えているので、『啄木短歌大観』刊行に寄せる期待には特別なものがある。

【望月善次説の要旨・抜粋】

前節で説明してきたように、望月氏の『啄木短歌大観』の刊行にはまだ時間が必要と思われる。しかし、その全体像は、「構想『啄木短歌大観』」（『国際啄木学会盛岡支部会報』第九号・平成12年11月発行）として示しているので、当該箇所をここに引用しておきたい。

《望月論文　抜粋A》「構想『啄木短歌大観』」

一、はじめに

思いがけない運命の巡り合わせか、「雑用」の連続の日々である。漢和辞典などを引くと「雑」は、「衣」と「集」とから成り、「色々の布を集めた衣服の意であり、まじるの意が加わる。」のだと言う。そして、「まじる」は、統一性・純一性が欠如しているという意味でのマイナスのイメージを生むのだろうが、筆者にとっても「雑用」は、マイナスのイメージとしてある。

人生の深奥をより深く、より広く考えれば、恐らく人の一生に「雑用」などないのだろうが、器の小ささの故か、「教育・研究の第一線」に立ちたいことを求めて大学に職を求めたという初志がちらつき、「雑用」の感を払拭出来ない明け暮れである。

以下、人生の残る時間への思いを新たにする意味を込めて、少し歩き出している構想を記すことにする。

二、『啄木短歌大観』の骨格二点

『啄木短歌大観』（仮称）は、年来の構想でもある。この構想は、本来なら、「啄木全集」の短歌収録の巻にでも反映してもらえたらと思って来たが、近年の出版事情からすると、近々における「啄木全集」の発刊は、極めて困難な情勢であろう。

小論では、その骨格ともいうべき部分を二点に限定して概略的に述べることとする。

(1) 「編年体」形式

「編年体」による啄木全短歌作品の鳥瞰には、既に左記がある。

・清水卯之助編『編年　石川啄木全歌集』（短歌新聞社・一九八六・四）

同書には、清水氏による「編者のことば」(359〜364頁)が付されているが、編年体を採用した理由は、必ずしも明らかではない。一般的には、編年体の採用は、該当作家の生活的事実との照合に向かうことが少なくないが、私自身の主要関心は、そこにはないこと「三、」に略述するとおりである。

(2) 全歌の番号化

書名の「大観」から推察できるように筆者の構想は、松下大三郎等による『国歌大観』[正・続(教文館、一九〇一〜一九〇三/紀元社、一九二五〜二六)中文館版(一九三一)、角川書店版(一九五一)を経て『新編国歌大観(全五巻、一〇冊)』(角川書店、一九八三)]からの影響が大きい。全歌の番号化は、その象徴である。

なお、啄木短歌に即して言えば、番号化は歌集の範囲に限定されているが、久保田正文『新編啄木歌集』(岩波書店、一九九三・五)においてもなされている。

三、『啄木短歌大観』の意図

右に略述したような『啄木短歌大観』が、なぜ必要と考えるのか、その背景となる考えについて、やはり二点からのみ略述する。

(1) 前提としてのノン・「生活遵守・忠実再現」性

啄木研究において、『啄木短歌大観』のような著作が必要であるのは、直接的には、次に述べる啄木短歌の「編集者的作歌者特徴」によるが、先ずその前提としての啄木短歌の〈ノン「生活遵守・忠実再現」性〉について言及しておく。啄木短歌の方法は、基本的には、「生活事実を横滑り」させるような「生活遵守・忠実再現型」ではない。「生活事実」を絶対に動かし難いものとする所謂「アララギ型作歌方法」とは異なるのである。端的に言ってしまえば、「生活事実より自身の思い」なのである。[詳細については、拙著『啄木短歌の方法』(ジロー印刷、一九九七・三)を参照されたい。]

(2) 編集的作歌者

「三 (1)」とも関連するが、啄木の方法は一首を研ぎ澄まして行く、アララギ集団の多くが採用した方向へは行かない。この事情は、作歌的出発を「明星」集団において行ったという啄木の出発並びに短歌を「悲しき玩具」とした啄木の短歌観とに関連する。

したがって、啄木研究においても、一首をどう推敲したかということよりも、作品をどう並べたかが重要なのであり、このことは、単に『一握の砂』、『悲しき玩具』の二歌集の範囲に止まるものではない。歌集に収録された作品においても、元々どのような位置にあった作品が、どのような位置におかれたかが重要なのである。『啄木短歌大観』が、啄木研究にとって必須である所以である。

[補記] 繰り返し説明してきたように、望月善次編『啄木短歌大観』が刊行されたなら、啄木の「推敲」や「短歌史」を考察する際に羅針盤としての役目を果たすことになる。『一握の砂』『悲しき玩具』に含まれない歌集外短歌の場合、従来は「初句索引」での検索にのみ依存してきたが、今後は啄木短歌の全貌「総歌数四千百二十八首」を一括管理して検索するシステムが構築されることになる。望月氏の『石川啄木　歌集外短歌評釈』の続篇と共に、早い時期での刊行を期待したい。

エポック⑤　〔天職観の反転〕
――池田功氏の発想――

【啄木の人間像】

啄木の短歌、特に『一握の砂』は没後百年を経過した現在においても広く人々に愛誦されている。その秘密は啄木の短歌には波乱万丈の人生ドラマがあり、読者は自己の姿と重ね合わせ「共鳴」しながら鑑賞することが可能だからであると思われる。

ところが啄木の人間性に話が及ぶと、途端に様相は一変する。何故なら、啄木には様々な悪評が流布しているからである。例えば「借金魔」「天才気取り」「見栄っ張り」「喧嘩好き」「家庭不和」「怠け癖」「遊び道楽」――など、まるで「極悪人」の代表でもあるかのような形容が伴うことになる。しかも、その悪評の殆どが「なるほど」と納得させられてしまうので思わず笑ってしまう。

しかし、その悪評は啄木の一面に過ぎない。晩年の啄木はむしろ「人格者」として評価されていくことになる。啄木の思想は、「政治」にしても「文学」にしても、目まぐるしく変化するのが特色である。「天才主義」を標榜し文学のみに情熱を傾けていた啄木が、晩年には平凡な「生活重視」の思想に変貌していくことになる。そしてその急激な変貌を齎した要因は、妻節子の家出事件に端緒があることは周知の事実になっている。

【池田功説による研究史の転換】

前節において、啄木の人間像が「極悪人？」から「人格者」へと変貌していることを説明してきた。そして、その変化の分岐点が妻節子の家出事件に関わることにも触れてきた。その変容は誰の目にも明らかであるが、啄木における思想変遷の経緯は複雑な要素が絡んでいて、心情の明快な分析はこれまで困難な状況であった。

ところが池田功氏が「天職」というキーワードを用いて、まるでマジックのような明快な解説を試みた。池田説によると、啄木全集を調査したところ「天職」という言葉は十四例あり、その用例が妻節子の家出事件の前後で全く異なるのだという。節子家出事件前には「天職」の表現は「文学」と同義であり、家庭や周辺を顧みない自己中心の生活信条の枠内で使用される。しかし家出事件以後には、詩を書くことは「天職」ではなく「我は文学者なり」という自覚を完全に否定する生活心情に変容したことを指摘している。該当する池田氏の論考は次節で紹介するが、啄木の人生を大きく変貌させた思想転換を説明するには、今後は池田説が重用されることになる。稿者は池田説を初めて目にした時、啄木の思想における最大の転換がまるで「1＋1＝2」という公式のようにスッキリと明示されたことに驚愕したが、読者の皆さんはどのように感じるのでしょうか。

【池田功説の要旨・抜粋】

池田功氏による啄木の「天職」に関連する論考は「詩を書くことは天職ではない」の題目で、池田功・上田博共編『職業の発見―転職の時代のために―』（世界思想社・平成21年9月）にも報告されているが、本書での紹介は体系的な論述になっている池田功著『啄木　新しき明日の考察』（新日本出版社・平成24年3月）から引用してある。その該当箇所は、1章「労働と文学との葛藤――天職観の反転」という大項目の中に「啄木初期の天職観」「予の天職はついに文学なりき」「天職観の反転」――等の小項目が収録されていて、啄木の思想の変遷経緯が詳細に分析されている。

《池田論文　抜粋[A]》『啄木　新しき明日の考察』（新日本出版社）

「予の天職はついに文学なりき」

その後も啄木は「天職」という言葉を使っていきます。その中で私が注目したいと思うのは、三日間にわたって日記や書簡に使われた一九〇七（明治四〇）年九月のものです。まず一九日の日記です。

あゝ我誤てるかな、予が天職は遂に文学なりき。何をか惑ひ又何をか悩める。喰ふの路さへあらば我は安んじて文芸の事に励むべきのみ、この道を外にして予が生存の意義なし目的なし奮励なし。予は過去に於て余りに生活の為めに心を痛むる事繁くして時に此一大天職を忘れたる事なきにあらざりき、誤れるかな。予はたゞ予の全力を挙げて筆をとるべきのみ、貧しき校正子可なり、米なくして馬鈴薯を喰ふも可なり。

翌日の岩崎正宛書簡においても、「小生が今迄余りに生活とか其他のために心を労して自分の本領を忘れむとして居た事を自分自身で自覚致し候、忘られたる文士？　否、自分で忘れむとしたる『誤れる天才』は今はかなき眠りより覚め申候、我が天職は矢張文学の外何物でもなかりき、此の『復活したる自覚』によつて如何なるものが期待されうるかは疑問とするも、兎も角小生自身は今再び新らしき心地にかへり申候」と述べています。さらに翌日の宮崎郁雨宛書簡でもほとんど同じことを記しています。

啄木は一九〇七年三月二〇日に、北海道での新生活を決意し函館の苜蓿社の松岡露堂に渡道を依頼。四月一日にはほぼ一年間勤めた渋民尋常高等小学校に辞表を提出し、四月五日に一家離散の形で函館に向かいます。函館では苜蓿社の同人たちに歓迎され、函館区立弥生尋常小学校の代用教員や、そこに在職のまま函館日日新聞社遊軍記者をしますが、八月二五日の函館大火により小学校も新聞社も焼失し、九月一三日には北門新報社の校正係となるために札幌に行き、一六日から出社していたのでした。

このような目まぐるしい生活の中で、文学活動をすることがほとんどできなかったのですが、その時に「天職」の文章が三回記されたのです。一九日の文章で明らかなように、生活を中心とすることと文学を中心に生きることが対比され、自分の生きる道は文学や文芸でありそれこそが「天職」であるとされています。そして今まで自分は生活の方を中心にし過ぎたことが誤りとして捉えられ反省されているのです。

二〇日の岩崎正宛書簡も生活と文学が対比され、今まで生活の方に心を労し過ぎたことを「誤れる天才」とし、その誤れる眠りから覚めたことを「復活したる自覚」と記しています。そして「我が天職は矢張文学の外何物でも」ないと宣言されているのです。

——中略——

（本来はここに、「国木田独歩『文学者——余の天職』の衝撃」の項目あり）

天職観の反転

さてここまでの啄木の「天職」は、一貫して実労働や生活が否定され詩人文学者になることでした。しかし、最期に使われる「弓町より——食ふべき詩」（一九〇九年一一、一二月）では、まさに一八〇度とも言える「天職」観の反転が行われるのです。

謂ふ心は、両足を地面に喰つ付けてゐて歌ふ詩といふ事である。実人生と何等の間隔なき心持を以て歌ふ詩といふ事である。珍味乃至は御馳走ではなく、我々の日常の食事の香の物の如く、然く我々に「必要」な詩といふ事である。（中略）詩人は先第一に「人」でなければならぬ。（中略）すべて詩の為に詩を書く種類の詩人は極力排斥すべきである。無論詩を書くといふ事は何人にあつても「天職」であるべき理由がない。（中略）「我は文学者なり」といふ不必要なる自覚が、如何に現在に於て現在の文学を我々の必要から遠ざからすめつゝあるか。／即ち真の詩人とは、自己を改善し、自己の哲学を実行せんとするに政治家の如き勇気を有し、自己の生活を統一するに実業家の如き熱心を有し（中略）自己の心に起り来る時々刻々の変化を、飾らず偽らず、極めて平気に正直に記載し報告するところのものでなければならぬ。（中略）一切の文芸は、他の一切のものと同じく、我等にとつては或意味に於て自己及び自己の生活の手段であり方法である。詩を尊貴なものとするのは一種の偶像崇拝である。（中略）両足を地面に着ける事を忘れてはゐないか。

　ここで使われる「天職」は今までの啄木の使われ方と全く異なっています。今までは一貫して文学者になることが天職であるとしていたのですが、ここでは文学活動は生活の手段であるとし、文学活動を天職と考える必要はないとされています。以後はこれと同じような文章が多く書かれることになり、そしてもう再び「天職」という言葉を使うこともありませんでした。

　一体なぜそのように変化したのでしょうか。その理由を啄木自ら記しています。「平凡な、そして低調な生活をしてゐると、文学といふ事を忘れてくらす日が三日に一日はある、然し忘れてゐても捨てはしない、これから徐々にやる積りだ、そして一度は僕の文学的革命心の高調に達する日が屹度来るものと信じてゐる……／去年の秋の末に打撃をうけて以来、僕の思想は急激に変化した」（宮崎郁雨宛書簡、一九一〇年三月一三日）です。

　この去年の秋の末の打撃とは、一九〇九（明治四二）年一〇年二日に、妻の節子が娘の京子を連れて実家に戻った「打撃」を示していると言われています。啄木は前年の四月に妻子と母親を義弟の宮崎郁雨に預けて単身で上京し、乾坤一擲の文学的な勝負をしますが結局うまくいきませんでした。そして朝日新聞社の校正係の職を得て、この年の六月に妻子と母親を上京させて一緒の生活が始まったのです。
しかし、この一緒の生活に不満を抱いた妻の節子は、「我故に親孝行のあなたをしてお母様に背かしめるのが悲しい」云々という置き手紙を残して実家に戻ってしまうのでした。もちろんこの手紙を表面的に見れば、嫁姑の確執がその原因と思われますが、「女の目で読めば、ここにはまず何よりも夫に対する痛烈な抗議、夫の愛情に対する不信」（今井泰子『石川啄木論』塙書房）があると指摘されています。つまり、啄木の生活者としてのいい加減な態度に対しての批判であり、夫婦関係や家族への批判でした。そして、そのことを一番思い知らされた啄木は、厳しく自己批判をしたのでした。それ故に啄木は大きく反転することが出来たのです。

［補記］ 右の「天職」をめぐる論考により、我々は啄木の精神が妻の家出事件を分岐点として変貌した経緯を明確に把握できることになる。池田功氏の著書は、ここでは『啄木　新しき明日の考察』（新日本出版社）を引用したが、啄木ファンが手軽に入手可能な本として『石川啄木入門』（桜出版）にも、このテーマのエッセンスは紹介されているので興味のある方は参照願いたい。
なお、啄木の職業観を考察する場合には「こころよく／我にはたらく仕事あれ／それを仕

遂げて死なむと思ふ」(砂・20)の歌がしばしば引用されるが、池田説に接した現在、この歌の解釈は従来のままで良いのだろうか、という疑念がふと湧いてきた。熟考したい問題である。

エポック⑥　〔複眼の解釈〕――橋本威氏の挑戦――

【啄木歌における「解釈」とは？】

啄木の短歌は平易な表現で誰にでも簡単に理解できる、という先入観がある。その先入観は実は重大な誤りなのだが、そこに気付くまでには意外に困難が伴う。絵ごころの乏しい稿者が言うのは憚れるが、ピカソ晩年の抽象画を初めて鑑賞した心境に近いように思われる。あの全ての技巧を排斥したような表現、極端に言えば幼い子供が描いたような抽象画が、緻密なデッサンを特色とする「青の時代」を経て辿り着いた画風であることに我々は驚きを禁じ得ない。

啄木の短歌に話題を戻すなら、まずは処女詩集『あこがれ』の難解さを想起して欲しい。或いは、与謝野晶子調を模倣した絢爛豪華な修辞技巧、さらには「へなぶり」の自虐的な屁理屈詠などをイメージしてみるなら、それらの時期を経て辿り着いた「平易な」啄木短歌の解釈が一筋縄ではいかないことは自明の理であると思われる。

ところで、岩城之徳氏の調査によれば啄木の短歌は総数で四千百二十八首であるが、我々が目にする『一握の砂』551首や『悲しき玩具』194首は最晩年の作ということになる。この両歌集においては、歌語も題材も「日常」に根ざしているのが特色になっていて一読して口語訳が不可能な歌は殆ど存在しない印象がある。しかし、啄木の歌を我々が「解釈」しようとするなら、そこには幾多の困難が待ち構えていることに気付く。この章においては、橋本威氏の業績を通してその問題について考えてみたい。

【橋本威説による研究史の転換】

「目から鱗が落ちる」という諺があるが、稿者が初めて橋本威著『啄木『一握の砂』難解歌稿』（和泉書院・平成5年10月）を読んだ時の驚きは、正にそのような感覚であった。橋本氏の考証には、あらゆる可能性を想定した徹底的な「読み」の深さがあり、我々が啄木の短歌に抱いている安易な「共感」を鋭く排斥してしまう圧迫感がある。

例えば、「はたらけど／はたらけど猶わが生活楽にならざり／ぢつと手を見る（砂・101）の歌における、「はたらけど／はたらけど」の解釈の問題がある。岩城氏は「はたらけど／はたらけど」は「いくら働いても働いても。同語を重ねて意味を強めた言い方。」と解説（この解釈にはおそらく殆どの人が納得すると思われる）しているが、橋本氏は岩城説を強く否定し、「はたらけど／はたらけど」は単なる繰り返しではなく〈はたらけど……。はたらけど猶わが生活楽にならざり。〉の構造であることを力説している。その橋本説は「はたらけど働けど」→「はたらけど／はたらけど」という三段階に及ぶ推敲による改変の分析を論拠にしていて、反論の余地がないほど強固な論証になっている。

さらに橋本氏は「はたらけど／はたらけど」の解説において、以下の説明を補足している。

> かかる事情は、服部嵐雪の句「梅一輪一輪ほどの暖かさ」を想起すれば、理解しやすい。「一輪一輪」が〈一輪マタ一輪ト咲イテ行ク〉意ではなく、この句が、〈梅一輪……。一輪ほどの暖かさ。〉の構造であり、寒中に咲く一輪の梅の花に感じた仄かな暖かさを表現した吟である如く、この詠の構造は、前述の通り、〈はたらけど……。はたらけど猶（なほ）わが生活（くらし）楽（らく）にならざり。〉なのである。

この橋本氏による鮮烈な論証に、稿者は完全に脱帽し酔いしれてしまった経緯がある。氏の『啄木『一握の砂』難解歌稿』は、啄木歌をめぐるそのような「盲点」を次々と暴き出していることに特色があり、その結果、啄木短歌研究の常識を根底から転換することになったと思われる。

【橋本威説の要旨・抜粋】

前節においては、「はたらけど／はたらけど」の歌を引用して橋本説を紹介してきたが、ここでは氏の考え方が最も顕著に表明されていると思われる橋本威著『啄木『一握の砂』難解歌稿』（和泉書院・平成5年10月）の「まえがき」を引用してみたい。

《橋本論文　抜粋Ａ》『啄木『一握の砂』難解歌稿』の「まえがき」

『一握の砂』に次の一首がある。

222　我と共に／栗毛の仔馬走らせし／母の無き子の盗癖かな（煙　二）

嘗て〈演習〉でこの詠を担当した学生が、余りに易し過ぎて発表することがないと言う。岩城之徳氏の「自分と一緒に栗毛の仔馬を走らせた、母のない子のあわれな盗癖よ。」（『啄木歌集全歌評釈』）を読んで、もう何も言うことがないと、途方に暮れている。とんでもないことだ。直ちに質問の雨を浴びせかけた。「仔馬」は一頭か、二頭か。一頭ならば、二人は一緒に乗っているのか。二人とも乗っていないのか。それとも、「母の無き子」だけ乗っていて、作者は側を走っているのか。「母の無き子」の家に「仔馬」がいるのか。或いは、宝徳寺に「仔馬」がいたのか。「盗癖」とは、一般的な「盗癖」なのか。単に、無断で他家の「仔馬」を連れ出すようなヤンチャを言っただけなのか。考えれば考えるほどわからなくなるような、難解な作である。

一般にいわゆる啄木調の啄木短歌は、平易であるように思われている。確かに、同じ啄木の明星調初期作品に比べると、一見、うわべの表現で悩まされることは少ない。満艦飾の初期詠歌は、一次的な言葉の意味で苦慮させられる。しかし、満艦飾は、そこを突破すれば、あとは案外平易である場合が多い。ところが、啄木調の方は、わかったように思えて、実は、一寸疑問を感じ始めると、忽ち不可解の迷路に誘い込まれることが、意外に多い。『一握の砂』は、そういう作に満ち満ちているのである。

本書では、わかりきっているように見えて、その実、難解極まる『一握の砂』収録歌を採り上げて、その解明を試みた。但し、『一握の砂』収録歌は五五一、採り上げたのは二三首に過ぎない。筆者の『一握の砂』収録歌研究の第一歩と考えて頂ければ幸いである。本書の稿を作成した後に、既に手許には、数首分の続稿にあたるものが成っている。

本書の稿を成すにあたっては、多くの先行研究のお蔭を蒙った。とりわけ、岩城之徳氏と今井泰子氏の研究を、自論展開の、一種の土台にさせて戴いた。多くは否定する形をとってはいるが、両氏の先行がなければ、本書は成らなかったと言っても、決して過言ではない。また、趣味的な対象としてしか扱われて来なかった啄木短歌を啄木学の対象として位置づけた両氏の長年の成果に対し、満腔の敬意を表するに吝かでない。

平成五年六月

著者

［補記］ 右の引用文の結びの一文において、橋本氏は、岩城氏や今井氏に向けて「趣味的な対象としてしか扱われて来なかった啄木短歌を啄木学の対象として位置づけた」「長年の成果に対し、満腔の敬意を表する」と記しているが、その結びの一文は橋本氏の業績への評価にもそのまま当て嵌まるように思われる。

橋本氏は『啄木『一握の砂』難解歌稿』刊行の後、続稿をすでに『梅花女子大学文学部紀要』に、啄木『一握の砂』難解歌考(1)続後拾遺」から(6)まで連載しているので、それに併せて『啄木『悲しき玩具』難解歌稿』の刊行も渇望していたのに実現せず残念である。本書は稿者にとっては、啄木研究を志した当時に肌身離さず携帯した座右の書であり、学生を指導する折には、橋本氏の本の熟読から啄木研究をスタートさせるよう指示した経緯もあります。

〔日記の文芸化〕 ―村松善氏の視点―

【啄木日記の評価】

啄木は短歌や評論で名声を博しているが、実は日記においても昔から高い評価を受け続けている。例えば桑原武夫氏の評論「啄木の日記」（岩波書店『啄木全集』別巻・昭和29年）には「ローマ字日記」を念頭において、

彼は文章の力によって自己を究極まで分析しようとした。そうするためには、その文体は誠実と同時に緊張を要請し、そこに新しい名文が生まれた。「ローマ字日記」は啄木の全要素をふくむものであり、日本の日記文学中の最高峯の一つといえるが、実はそれではいい足りない。いままで不当に無視されてきたが、この作品は日本近代文学の誇りとして、最高傑作の一つに数えこまねばならない。

と、絶賛されているし、ドナルド・キーン氏も「啄木日記」（『続百代の過客　下　日記にみる日本人』朝日選書・昭和63年）において「明治時代の文学作品中、私が読んだかぎり、私を一番感動させるのは、ほかならぬ石川啄木の日記である。」と断定しているほどである。

但し、日記の文学性を論じることと、日記の「創作意図」を論じることとは全く別次元の問題になる。この項目では、その差異に焦点を当てることになる。

また、従来の啄木の研究史を辿るなら、短歌を考察するための「傍証」として日記は重用されてきたことが多いことにも気付く。そのような風潮の中で啄木日記の研究には、従来とは異なる新しい発想が要求されることになる。

【村松善説による研究史の転換】

佐藤勝編『石川啄木文献書誌集大成』（正続）を眺めるなら、啄木の論考・随想は、没後百年を経た現在においても夥しい数が報告されていることがわかる。当然、考察の領域も様々で百花繚乱の状況であるが、研究史を辿るなら各分野には道標となる業績が輝いている。例えば伝記研究なら岩城之徳氏、北海道関連なら福地順一氏、文献書誌なら佐藤勝氏、盛岡の交友関係なら森義真氏、啄木をめぐる女性がテーマなら山下多恵子氏――という具合である。

そして現在、啄木の日記研究のスペシャリストと言えば村松善氏ということになると思われる。氏の日記論は数多く『国際啄木学会研究年報』に掲載された論考だけでも
・「啄木日記の形成とその位相」（創刊号・平成10年3月）

・「『渋民日記』論」（第4号・平成13年3月）

・「啄木日記にみる文学者意識と自己客観化」（第14号・平成23年3月）

等が挙げられる。

ところで、前節でも触れたように啄木の日記の文学性は昔から指摘されている。その研究史の中における村松論の特色は、啄木日記の文学性をテーマにしながらも、文学性そのものの解明ではなく、文学作品としての「創作意図」の究明に重きを置いていることにある。しかし「創作意図」の究明となると、万人が納得する論証は至難の業ということになる。その困難を克服するために、氏は各論文において、それぞれユニークな「視点」を導入している。例えば、次節で引用する氏の論文の場合では「書簡」引用を文学性創造のための〈装置〉と捉え、全く新しい啄木日記論を試みていることになる。稿者は、そこに研究史転換の予兆を感じているが、いずれにしても村松氏には日記研究の牽引役を担って欲しいものである。

【村松善説の要旨・抜粋】

国際啄木学会の盛岡支部は活況を呈していて、現在における啄木研究の実質的な推進役を担っている。特に支部の「月例研究会」は一九九六年一一月からほぼ毎月開催していて、何とすでに二五〇回を数えている。村松氏本人に質問したところ、氏が啄木の日記に魅せられた契機は、その月例研究会のメインテーマに「啄木日記」が含まれ、質疑を重ねながらの共同研究に参加したことにあるという。他の支部の多くがその活動において苦境に直面している現在、盛岡支部の皆様の情熱に驚嘆している次第です。

ところで、村松氏の日記に関する論考は多岐に亘るが、ここでは「啄木日記に挿入された書簡文」国際啄木学会編『論集　石川啄木Ⅱ』（おうふう・平成16年4月）の一部を引用したいと思う。それは『論集　石川啄木Ⅱ』なら、啄木のファン誰でもが書店で手軽に購入できると考えたからである。啄木日記に興味を持たれた方は、ぜひ論集を入手して読んでいただきたい。

《村松論文　抜粋Ａ》「啄木日記に挿入された書簡文」

啄木日記の特徴のひとつとして、書簡（葉書、電報含む。）にかかわる記述が、全十三冊（十一表題）の日記中に全面的に張り巡らされていることを指摘したい。それらの記述のあり方は、次のように大きく五つのパターンに分類できよう。

①「〇〇に手紙を書く」「〇〇から手紙が来る」「〇〇への手紙を投函する」というパターンの記述。

②書簡の内容の簡潔な要旨的記述が付け加えられたパターンの記述。

③ 書簡文が一部あるいは全部挿入されたパターンの記述。
④ 当用日記帳にある発信・受信欄に記載された記述。
⑤ 書簡自体にかかわる記述。

このように日々書簡にかかわる事柄が記載されていることから浮かび上がってくるのは、啄木日記が、所謂「世界から全く閉ざされた私的な表現」としての日記の範疇にとどまるものではないということである。すなわち、啄木日記は書簡という〈装置〉を意識的に組み込み、常に外部との交信を図りながら書き進められた日記であるということである。もちろん④の例のように、日記帳自体に発信・受信欄があることから、日記帳製作者側による日記への書簡のやりとりの記載の「強制性」を考慮する必要もあろう。しかし、発信・受信欄がある日記（啄木日記においては、博文館発行の「明治四十二年当用日記」と「明治四十四年当用日記」）にあっても、啄木日記は例えば次のように日記本文に書簡のやりとりが述べられた上で発信・受信欄に記載される。

菅原芳子から手紙、平山良子は良太郎といふ男だと言つて来た。一戸完七郎から、農林学校の図書館に給仕をしてるといふ詳しい消息、佐藤は中学を、角掛は農学校をやめたといふ。

〈受信〉菅原芳子、一戸完七郎、から封書、阿部次郎君ハガキ

（「明治四十二年当用日記」一月一五日）

つまり、啄木日記の場合、書簡のやりとりの記述は、時代あるいは日記帳製作者の利用者に対して便宜を図る意図というよりも、啄木日記がもっている表現様式として捉えることができるのである。

——中略——

書簡、それは実に一方的であり、いつやってくるかわからない内容によっては天災的な要素をもつものである。この母からの手紙文の挿入は、物語の展開及び語り手の心境の変化を強める創作意識上の啄木の計算のもとに行われていると見て間違いないであろう。

啄木日記に挿入された書簡文は、日記自体を構成する素材あるいは〈装置〉として、極めて有効に機能している。このことは、啄木日記が意識的な方法、形式及び構成を有しており、より創作性を獲得した文学テクストであることを物語っているのである。

［補記］ 村松氏の論考Aにみる通り、啄木日記の研究は「創作意図」の究明という新しい展開に進んでいるが、もちろんこの流れは突然に誕生したものではない。例えば堀江信男氏は『石川啄木事典』（国際啄木学会編・おうふう・平成13年9月）において啄木日記における研究史の総括を試みていて、その解説文中にはすでに「日記の文学性」「日記のフィクショ

ン性」「想定された読者」「ストーリー性」等の項目が設定されていることに気付く。また、この分野では池田功著『啄木日記を読む』（新日本出版社・平成23年2月）、西連寺成子著『啄木「ローマ字日記」を読む』（教育評論社・平成24年4月）等の成果も顕著である。

その流れを受け、今後は村松氏が啄木日記の研究史をどのように塗り替えていくのか楽しみである。平成31年元旦の年賀状によれば、村松氏は今年の夢として『石川啄木日記研究』の刊行と記してあるので頼もしい限りである。

エポック⑧　〔「樹木と果実」復元〕

——横山強氏の調査——

【啄木・哀果の「幻の雑誌」とは？】

啄木の解説書を読んでいると「幻の雑誌」という表現をよく目にする。その雑誌とは『樹木と果実』を指すが、啄木と土岐哀果（善麿）によって企画されたものの刊行に至らなかった経緯がある。『樹木と果実』という雑誌名は二人のペンネームから一字ずつとって付けられている。『樹木と果実』刊行に寄せる二人の情熱は深く、例えば『創作』（明治44年2月号）に、雑誌発行の趣旨を次のように事前発表している。

雑誌は其種類より言へば正に瀟洒たる一文学雑誌なれども、二人の興味は寧ろ所謂文壇のことに関らずして汎く日常社会現象に向ひ膨湃たる国民の内部的活動に注げり。雑誌の立つ処自ら現時の諸文学的時流の外にあらざる可らず。雑誌の将来に主張する所亦自ら然らむ。二人は自ら文学者を以て任ぜざるの誇を以て此雑誌を世の文学者及び文学者ならざる人々に提供す

啄木と哀果の企画編集による『樹木と果実』は、右の趣意書にみられるように雄大な構想の元、ページ数は表紙と広告を含めて72頁、発行部数は500部、定価は53円40銭、発行日は三月一日の予定で準

備が進められた。明治44年の3月に作成された「樹木と果実」発送原簿によると、前金による購読希望者も多く、創刊号（第一号）だけでなく第一～十二号まで予約している人もいるほどの盛況であった。

ところが、印刷所の不手際と啄木の慢性腹膜炎による入院とが重なり、『樹木と果実』の発行は頓挫することになる。啄木と哀果が夢を託した『樹木と果実』が「幻の雑誌」と呼ばれるのは以上のような理由がある。

【横山強説による研究史の転換】

前項において啄木と哀果が編集を企図した『樹木と果実』は、惜しまれながらも挫折したことを説明してきた。その結果、我々は『樹木と果実』を「幻の雑誌」と呼び続け、啄木と哀果の無念の心情を慮るだけで、その全貌を垣間見ることは不可能であると考えてきたことになる。

ところが横山強氏は、その長年に亙る「定説」に異を唱える衝撃的な論考を発表した。それは『樹木と果実』の復元は可能であるという想定のみならず、我々は実は『樹木と果実』に収められるべき原稿の殆どをすでに目にしている筈だという、従来の常識を根底から覆した仮説であった。

その横山氏の論文は『国際啄木学会東京支部会会報』第11号（平成15年3月）に発表されたもので

あり、題目は「『樹木と果実』の原稿について(1)――寄稿歌の三百首を分析する――」であった。その時に稿者（大室）は国際啄木学会の「研究年報」と「東京支部会報」の編集委員長を兼ねていたので、啄木研究の定説に挑んだこの大胆な考証を巻頭論文に推挙した経緯もある。「幻の雑誌」と呼称されてきた『樹木と果実』が、実は我々の眼前にすでに存在していたという横山説の指摘は、啄木研究史に新たな転換を導いた業績であると思われる。その横山説に関する具体的な紹介は次節に譲りたい。

【横山強説の要旨・抜粋】

横山氏の啄木研究はユニークであり、他の研究者が予想もしない領域での活躍に特色がある。本人がライフワークと認める谷静湖の研究なども、資料を博捜し緻密な考証を継続していて他の追随を許さない業績となっている。

今回の『樹木と果実』の考証も同様の趣がある。以下に示すのは『国際啄木学会東京支部会会報』第11号（平成15年3月）の巻頭論文「『樹木と果実』の原稿について(1)――寄稿歌の三百首を分析する――」の抜粋である。

《**横山論文　抜粋Ａ**》「『樹木と果実』の原稿について(1)―寄稿歌の三百首を分析する―」

啄木と哀果が、一九一一年（明44）一月から四月にかけ雑誌「樹木と果実」の発行を計画、原稿と印刷代の一部を三正社（印刷所）へ預けたが、倒産したため金が戻らず雑誌発行を断念した事はよく知られている。啄木没後、哀果は『生活と芸術』の雑誌において啄木の意志を継ぐ。この過程を精緻に調べた著書に藤沢全氏『啄木哀果とその時代』がある。

啄木は雑誌発行から断念までを日記と書簡に残し、その行間から啄木の考えを知る事が出来るが不明な点もある。例えば

①『啄木日記』四月一六日に、印刷屋へ預けた「……原稿のアトの方の分だけ持つて来た」とあるが、その後、掲載場のなくなった原稿をどう処置したのか。

②雑誌を断念した後、購読金を返却した様子がなく抗議を受けた形跡もないのはどうしてか。

③啄木は「樹木と果実」に自己の歌を用意していたか。

④啄木が、これらを黙して語らず逝ったのは何故か？

これらの点について、土岐哀果が「……最後の申込者に對する前後處置など完全にゆかなかつたことが尠くあるまい」と『啄木追懐』改造社版、一九三二年（昭7）四月発行の著で僅かに触れているに過ぎない。

従来、「樹木と果実」の原稿は、哀果の「愛（チエホフ）」、大島流人の「北海道より」を読むことは出来たが、他の散文及び寄稿歌（三百首）の所在は判明していなかった。今回、「樹木と果実」の広告中にある黒田鵬心「新しい歌と新しい建築」の掲載文と、（吾等の歌）欄の啄木以下六〇名中、ほぼ四〇名の短歌を探し出し分析した結果、啄木と哀果が雑誌発行を断念した後に寄稿者と購読金送付者へ思わぬ処置を行っていた事が判った。本稿は、右の（①②③④）の疑問点を明らかにする。特に寄稿歌の中には、宮崎郁雨、並木たけを、丸谷喜市、大信田落花、高田紅果、谷静湖、平井武等、他の人々を含めた（二八八首）が九一年間も我々の眼前にあった事に驚く。—中略—

以上、啄木と哀果は『読売新聞』へ新たな投稿欄「戸外と室内」を設け、掲載場のなくなった短歌を、少しずつ掲載して、短歌の処置と購読金送付者に対処した。どちらの発案だったか分からないが、上手い処理の仕方だった。当時、『読売新聞』の投稿欄に歌と名前が載ったのであれば、啄木へ原稿と購読金を送った人々（平井奇風、谷静湖、井田葉歌、赤井初男、西村朱三、高田紅果、岡坂朔郎、加藤棹聲、門間春雄、天本淑郎、宮崎郁雨、丸谷喜市、並木たけを）も納得したものと思われる。

啄木と哀果が、後にこの経緯に触れなかったのは、大大的に新聞や雑誌の広告で宣伝し、勧誘ハガキも出しながら雑誌を断念した事、購読金も返却していない事、特に掲載場のなくなった歌を『読売新聞』の投稿欄を利用して処理した後ろめたさ……だったと言えるのではないか。

以下略―

［補記］右の横山氏の論考Aは「『樹木と果実』の原稿について(1)――寄稿歌の三百首を分析する――」というタイトルの通り、『樹木と果実』の復元に向けての第一段階の研究報告である。現段階での未調査の原稿の徹底調査を踏まえて、より完全な『樹木と果実』を復元し我々に示して戴きたいと熱望している。また、それは『樹木と果実』復元に向けての先導役を担う横山氏の責務でもあると思う。

エポック⑨ 〔文献集大成〕 ―佐藤勝氏の執念―

【啄木文献の検索】

啄木について学びたいと思った人が戸惑うのは、情報の検索である。それも情報データの不足ではなく、膨大な文献の量に圧倒される悩みである。それは啄木没後百年を超えた現在においても、啄木に関する著書・論文・評論・随想・新聞記事などが常に執筆され続けているからである。その中からテーマに合致する情報を入手するのは至難の業である。

また、膨大な文献が存在しても殆どの場合、その情報さえ入手できないという問題もある。特に困るのは新聞や雑誌の地方版に掲載された「啄木特集」の記事、或いは大学等における「研究紀要」の論文であり、これらは専門の学会（国際啄木学会）に所属していない限り、まず入手困難と思われる。

もちろん現在では啄木に関する情報網も充実していて、「国際啄木学会」「石川啄木記念館」「啄木の息」「湘南啄木文庫」など百を超えるホームページも存在しているが、各人の研究に適合するテーマを即座に見出すのは不可能と思われるのが現状である。

【佐藤勝氏による研究史の転換】

前節において、啄木に関する膨大な文献の処理についての悩みを述べてきたが、その啄木ファン誰しもに共通する悩みを一人の啄木愛好者が救ってくれた。それが佐藤勝氏による次の著書の刊行である。

・『石川啄木文献書誌集大成』（明治34年から平成10年までの文献目録）
・『続　石川啄木文献書誌集大成』（平成10年1月から平成29年12月までの文献目録）

佐藤氏本人の「編集後記にかえて」の説明によると、前著の文献数は約二万二百点、続篇の文献数は約一万三千点ということであり、明治34年から平成29年12月までに及ぶ三万三千以上にも及ぶ膨大な文献目録を一人で収集し集大成したことになる。出版を祝す会において参加者から飛び出した発言は「前代未聞」「空前絶後」という言葉であり、偉大な業績に感嘆するのみである。実は佐藤氏宅の書斎を稿者は何度か尋ねているが、啄木文献に埋れながらの起居の様子はまるで仙人の姿をイメージさせるほどであり、この本の読者にも両著の元になった「湘南啄木文庫」を訪れて、各部屋を覆い尽くすかのような膨大な啄木文献の「峡谷」に臨んで欲しいと考えている次第です。

さて右の両著は、啄木研究者に多大な恩恵を与えることになる。恩恵を受ける我々は、啄木研究史の深化に向けて全精力を傾注しなければならない責務があると思われる。

【『石川啄木文献書誌集大成』（正続）の意義】

佐藤氏の業績を実は拙文により紹介しようと考えていたところ、本書刊行の呼びかけ人でもあり、綿密な校正も担当した国際啄木学会元会長、そして天理大学名誉教授でもある太田登氏による「序文」の印象深さに感動したので、ここではその全文を引用しておきたい。

「啄木文献学の醍醐味ここにあり」　『続　石川啄木文献書誌集大成』の「序文」

今年（二〇一六年）は漱石没後百年でもあります。その漱石語録に「見識は学問より生まれる」という言葉があります。まさに佐藤勝さんの人柄と仕事は、漱石語録の核心をみごとに貫いています。

大著『石川啄木文献書誌集大成』（一九九九年）にたいして、「至難の業を独力で達成されたことに敬意を表し、「20世紀の〈啄木研究の歩み〉の全貌を検証するうえで不可欠な文献目録であるが、それ以上に92年の前著『資料石川啄木』から本書にいたる道程によって90年代の成熟した啄木研究の内実をつぶさに知りえることに意義がある。」と評したことがあります。

この度の『続　石川啄木文献書誌集大成』は、一九〇一（明治34）年から一九九八（平成10）年までの文献目録であった前著『石川啄木文献書誌集大成』の続篇にあたります。本書は一九九八

（平成10）年以降の文献を補輯したものですが、『石川啄木文献書誌集大成』が「20世紀の〈啄木研究の歩み〉の全貌を検証するうえで不可欠な文献目録である」ように、この『続 石川啄木文献書誌集大成』は、21世紀における啄木研究必須の基礎的文献であるといえます。

研究の基礎は、とりわけ人文科学では文献にあるといえますが、「湘南啄木文庫」の主宰は、『資料 石川啄木―啄木の歌と我が歌と』（一九九二年）、『啄木の肖像』（二〇〇二年）などの著作に明白なように、啄木愛好者という立場から啄木文献に関する情報を提供し続けています。すぐれた研究者はすぐれた愛好者のひとりであり、すぐれた愛好者もまたすぐれた研究者のひとりである、という私見からいえば、佐藤勝さんのひたむきな仕事によって類いのない啄木文献学が構築されました。

その啄木文献学の醍醐味を本書によって満喫された読者は、必ずや本書が「21世紀における啄木研究必須の基礎的文献である」ということを確信されるでしょう。さらに、没後百年の漱石が21世紀にあって対話を継続する文学者であるように、生誕130年を超えた啄木もまた21世紀に対話を継続する詩人であるということが、純粋で篤実な佐藤勝さんの人柄と仕事をとおして実感できることでしょう。

【補記】国際啄木学会の会員は元より、凡そ啄木研究を志す者にとって「湘南啄木文庫」の恩恵を受けない者は一人もいないように思われる。その「湘南啄木文庫」の主催者が佐藤勝氏であり、このたび採り上げた

・『石川啄木文献書誌集大成』（明治34年から平成10年までの文献目録）
・『続　石川啄木文献書誌集大成』（平成10年1月から平成29年12月までの文献目録）

の二冊の編者である。両著を合わせると、明治34年から平成29年までの文献目録を単独で作成という快挙である。その業績が余りにも偉大過ぎて、稿者などは後継者不在の現実に不安を感じているのが現在の心境です。

エポック⑩ 〔『一握の砂』における「推敲」の前後〕 ―大室精一の疑問―

【『一握の砂』の編集完了時期】

『一握の砂』の編集完了時期を考察する際には、次に示す啄木の「序文」がしばしば引用される。

函館なる郁雨宮崎大四郎君
同国の友文学士花明金田一京助君
この集を両君に捧ぐ。予はすでに予のすべてを両君の前に示しつくしたるものの如し。従って両君はここに歌はれたる歌の一一につきて最も多く知るの人なるを信ずればなり。
また一本をとりて亡児真一に手向く。この集の稿本を書肆の手に渡したるは汝の生れたる朝なりき。この集の稿料は汝の薬餌となりたり。而してこの集の見本刷を予の閲したるは汝の火葬の夜なりき。

著者

右の序文に登場する啄木の長男真一は明治43年10月4日に誕生し、僅か24日の生涯で10月27日深夜（正確には28日か?）には夭折していることになる。真一の葬儀は浅草の了源寺において10月29日に執り行われたことが判明しているので、その「火葬の夜に」啄木は『一握の砂』の「見本刷」を入手しているという記述になる。この文言に着目した岩城之徳氏は『石川啄木傳』(東寶書房・昭和30年11月20日)に「一握の砂のなりたち」という項目を設定し、次のような解説を記している。

啄木の処女歌集『一握の砂』が世に出たのは、明治四十三年十二月一日、西村辰五郎の経営する東雲堂からであった。

処女歌集といってもこの歌集に収められた作品は、明治四十一年六月下旬より四十三年十月末までに詠まれた約一千余首の歌の中から、五百五十一首を抜いたもので、いわば彼の文学生活の後期の作品に属するものである。

右の岩城氏の指摘によれば『一握の砂』の編集完了時期は「明治四十三年十月末」ということになる。そして、この岩城説は誰からの反論・検証もないまま実に半世紀近くもの間「定説」であると想定されていたことになる。

【大室精一説による研究史の転換】

『一握の砂』の編集過程を考察する場合、その編集完了の時期を確認することはとても重要な意味を持つ。何故なら諸雑誌掲載歌と『一握の砂』収載歌における「推敲」の前後が逆転する可能性があるからである。仮に岩城氏の指摘する『一握の砂』編集完了「明治四十三年十月末」説に基くならば、『一握の砂』よりも明治四十三年十二月号、及び十一月号の雑誌掲載歌の方が推敲後の表現と想定することになる。

ところが大室は逆に、（明治四十三年十二月号、及び十一月号の雑誌掲載歌も含めて）すべての雑誌掲載歌等は推敲を経て『一握の砂』に入集して完成していくという立場から論文を発表し続けていたため、岩城説を踏襲する研究者からの厳しい批判に曝されてしまった。詳細な経緯は省くが、その「推敲」の前後をめぐる論争は七年間にも及んでしまい、その間の拙論は「啄木研究の常識を外した無意味な論文」との評価を受け続けてしまった。孤軍奮闘の戦いの打破をめざし論争相手の近藤典彦氏に向けて「啄木論争宣言」を記し、国際啄木学会の会友に意見を求めたこともある。

しかし、その論争は近藤典彦著『『一握の砂』の研究』（おうふう）の刊行によって終止符が打たれた。それは長年の論争相手であった近藤氏がその著書において、大室の仮説に全面支持の立場から論証を展開してくれたからである。明治四十三年十二月号、及び十一月号の雑誌掲載歌と『一握の砂』とにおける推敲の前後関係の逆転は、『一握の砂』551首中の実に144首の歌にも及び、当然ながら以後の啄木の短歌史を大幅に転換する効果を生じることになった。この転換を通して、我々は『一握の砂』から『悲しき玩具』へという短歌史の流れを考察することが初めて可能になったように思う。

なお、論争当時の大室の拙論の多くは『『一握の砂』『悲しき玩具』—編集による表現—』（おうふう）に収めてあるのでご参照願いたい。

【大室精一論文の再掲載】

前項においては、啄木の「推敲」における前後関係の逆転について説明してきた。その経緯の詳細は拙著『『一握の砂』『悲しき玩具』—編集による表現—』（おうふう）に記したが、その論考の殆どは論争相手（研究者）への反論を念頭に置いての緻密な考証に終始してしまったため、啄木ファン向けに平易な解説を試みたいと思っていたところ、『現代短歌』編集部より「石川啄木の推敲」についての原稿依頼があった。本書の趣旨とは少し外れるが、啄木の「推敲」意識についての総括として以下に再掲載しておくことにする。

「石川啄木の推敲」

「石川啄木の推敲」（『現代短歌』・平成30年6月号）

啄木は「推敲魔」として有名である。但し、「推敲」の概念を「詩文の字句を何度もねりなおすこと」（明鏡国語辞典）と狭義に想定するだけなら、啄木独自の推敲意識の究明は困難と思われる。そこでまず、多面に及ぶ啄木独自の「推敲」例を具体的にみてみよう。

① 集中屈指の叙景歌　実はフィクション？

春の雪
銀座の裏の三階の煉瓦造に
やはらかに降る
『一握の砂』453

右の歌は、啄木の勤務した東京朝日新聞社屋の周辺に雪の降る景を情緒豊かに表現したものであり、集中屈指の名歌として定評がある。社屋から眺める荘厳な「煉瓦造」と「やはらかに降る」牡丹雪との対比描写により、まるで眼前に景が浮かんできそうな印象もある。

ところが、この歌の初出は「春の雪滝山町の三階の煉瓦造によこさまに降る」(「東京朝日新聞」明治四十三年五月十六日号)であり、何と啄木の見た実景は牡丹雪でなく横殴りの雪景色ということになる。

それでは何故、「よこさまに降る」雪は「やはらかに降る」牡丹雪に改変されたのか。実は、この改変に啄木独自の「推敲」の秘密があると思われる。そこで当該歌を『一握の砂』の前後の歌と共に記してみる。

赤煉瓦遠くつづける高塀の／むらさきに見えて／春の日ながし

◎春の雪／銀座の裏の三階の煉瓦造に／やはらかに降る
よごれたる煉瓦の壁に／降りて融け降りては融くる／春の雪かな

右の三首は、初出を異にし、作歌日もすべて異なっているが、『一握の砂』では連続して配列されていることになる。そして、その配列意図は極めて明快である。当該歌の「煉瓦造」の表現は前歌の「赤煉瓦」、後歌の「煉瓦の壁」の景に直接つながり、「やはらかに降る」雪の景表現は、前後の歌に描写される春らしいのどかなイメージに深く結び付いているからである。つまり、「よこさまに降る」を「やはらかに降る」に改変することにより、題材的にもイメージ的にも前後の歌群の配列構成は鮮やかに完成していくことになる。稿者は、この啄木独自の配列手法を〈つなぎ歌〉と仮に命名している。

② 慟哭の真一挽歌　実は誕生歌の改変か？

真白なる大根の根の肥ゆる頃
うまれて
やがて死にし児のあり
『一握の砂』546

右の歌は『一握の砂』末部の「真一挽歌」八首中の一首であり、生後わずか二十四日で他界した長男真一への哀切極まりない、啄木の深い慟哭の想いに溢れている。

ところが、この歌の元歌は「挽歌」ではなく「誕生歌」であったと思われる。啄木は真一誕生の喜びを複数の書簡に記しているが、例えば宮崎郁雨宛書簡（明治四十三年十月四日附）中には、次の三首が含まれている。

(A) 真白なる大根の根のこゝろよく肥ゆる頃なり男生れぬ

(B) 十月の朝の空気に新しく息吸ひそめしすこやかの児よ

(C) 十月の産病院のしめりたる長き廊下のゆきかへりかな

右の三首の内(B)(C)の二首は「誕生歌」として『一握の砂』に入集している。(A)の歌だけは最初は(B)(C)の歌と共に「誕生歌」として入集していたと思われるが、後に「挽歌」に改変されたことになる。それは、『一握の砂』編集の最終段階において長男真一の死去に伴い、「真一挽歌」の八首を急遽増補することになったためである。増補歌が八首（四首の倍数）に限定されるのには理由がある。『一握の砂』の頁割付は啄木が詳細に指示していて、一頁二首（見開き四首）の歌数、さらに各章の末尾歌は右頁一首目に配置という法則があるためである。そして増補の際、諸雑誌（「精神修養」「スバル」明治四十三年十二月号）に掲載された真一の挽歌は七首しかなかったため不足する一首を補う必要があり、(A)の歌だけ急遽「誕生歌」が「挽歌」に改変された。これも啄木独自の「編集による表現」の手法ということになる。

③地名重視の配列　「釧路歌群」の冒頭歌？

しらしらと氷かがやき
千鳥なく
釧路の海の冬の月かな　　『一握の砂』384

この歌は、啄木の北海道流離の思い出を表現した「忘れがたき人人　一」の章に収められていて、初出は「東京朝日新聞」（明治四十三年五月九日）に掲載された「しら〳〵と氷かゞやき千鳥啼く釧路の海も思出にあり」である。両歌は表面的には「釧路の海も思出にあり」から「釧路の海の冬の月かな」という下二句の僅かな改変に過ぎないが、啄木独自の「推敲」意識を考察するには、実はとても重要な改変例となる。

さて、「忘れがたき人人　一」の章は、渋民→青森→函館→札幌→小樽→旭川→釧路の配列になっていて、啄木の北海道流離の足跡を（原則的には）時系列的に辿る歌群になっている。そして「釧路歌群」の冒頭歌は、従来「さいはての駅に下り立ち／雪あかり／さびしき町にあゆみ入りにき」（『一握の砂』383）と想定されてきたことになる。しかし稿者は、当該歌「しらしらと～」を冒頭歌と考えている。それは「釧路歌群」三十首の中で「しらしらと～」の歌のみが唯一「釧路」の地名を詠みこんでいるからである。因みに他の歌群を眺めるなら

「函館歌群」の冒頭歌　307　函館の床屋の弟子を～
「札幌歌群」の冒頭歌　337　札幌に／かの秋われの～
「小樽歌群」の冒頭歌　342　かなしきは小樽の町よ～

のように、各々の冒頭歌には地名が詠み込まれていることがわかる。つまり、当該歌は「釧路」の地名を含む唯一の歌であることから時系列の配列基準から外して「釧路歌群」の冒頭に配列され、それに伴い季節も、啄木が釧路駅に実際に到着した一月の状況を詠んだ「さいはての駅に下り立ち～」の歌に繋げるため「釧路の海の冬の月かな」に改変されたことになる。この歌には、「釧路の二月に千鳥は来ない」という疑義が提示され古くから「千鳥論争」が展開されているが、それも啄木独自の「編集による表現」の秘密に気付くなら謎は解明されると思われる。

さて、ここまで①②③の項では『一握の砂』に限定して「推敲」について考察してきたが、そこに共通するのは「推敲」というよりもむしろ「別歌」への改変という啄木独自の特殊な用例であった。

そこで次に、『悲しき玩具』も含めて啄木の短歌史全体に及ぶ「推敲」について考えてみたい。

④ 推敲による定型からの離脱 (1) 「字余り」へ

秋来れば
恋ふる心のいとまなさよ
夜もい寝がてに雁多く聴く　『一握の砂』291

右の歌の初出は「秋来れば恋ふる心のいとまなさ夜もい寝がてに雁多く聴く」「岩手日報」（明治四十一年十一月三日）であるが、『一握の砂』では「いとまなさ」→「いとまなさよ」と、助詞一字の書き加えになっていて、最初定型（57577）で発想された歌が推敲により字余りになっている。実はこの手法は多用されていて、啄木歌の最大の特色になっている。例えば「同一漢字の訓み改変」の例を示してみる。

このつぎの休日(やすみ)に一日(ひとひ)寝てみむと　思ひすごしぬ　三年(みとせ)このかた

◎このつぎの休日(やすみ)に一日(いちにち)寝てみむと／思ひすごしぬ／三年(みとせ)このかた

右は「スバル」（明治四十三年十一月号）から『一握の砂』116への推敲であり「一日(ひとひ)」のルビを「一日(いちにち)」にして、つまり「同一漢字の訓み改変」により定型を字余りに推敲している。同様に、「歌句の改変」による「字余り」の例も示してみる。

不覚にも　婚期を過ぎし妹の　恋文めける文に泣きたり

◎朝はやく／婚期を過ぎし妹の／恋文めける文を読めりけり

右は「スバル」（明治四十二年五月号）から『一握の砂』69への推敲であり、「文に泣きたり」→「文を読めりけり」と「歌句改変」により定型を字余りに改変している。

ところで、啄木歌で字余りを含む歌は、『一握の砂』では全五五一首中の二一九首で39・75％（約四割）の割合になっているが、それらの歌々が初出の段階では殆ど定型で発想されていることは注目に値する。そして、「定型」→「字余り」という推敲の流れは『悲しき玩具』に発展的に引き継がれていくことになる。具体例を二首だけ示してみる。

あたらしき明日の来るを信ずてふ／友の言葉をかなしみて聞く

◎新しき明日の来るを信ずといふ／自分の言葉に／嘘はなけれど——

右は「早稲田文学」（明治四十三年一月号）から『悲しき玩具』29への推敲であり、「信ずてふ」（5音）を「信ずといふ」（6音）に改変している。

石狩の空知郡の牧場の／お嫁さんより送り来しバタ

◎石狩の空知郡の／牧場のお嫁さんより送り来し／バタかな。

右は「創作」（明治四十四年二月号）から『悲しき玩具』59への推敲であるが、結句「送り来しバタ」（7音）が「送り来し／バタかな。」（9音）と改変されている。

右の例のように遺歌集である『悲しき玩具』においては、字余りを含む歌は全歌一九四首中の一四七首で75・77％（約八割）となり極端に多くなる。つまり、啄木歌における「定型からの離脱」は『一握の砂』編集時に志向され、連続的に「推敲」を繰り返しながら『悲しき玩具』において確立されていることがわかる。

⑤ 推敲による定型からの離脱⑵「句」から「行」へ

鏡屋の前に来て
ふと驚きぬ
見すぼらしげに歩むものかも
『一握の砂』38

右の歌の初出は『東京朝日新聞』（明治四十三年三月二十五日号）の「鏡屋の・前にいたりて・驚きぬ・見すぼらしげに・歩むものかも」であり「57577」という完全な定型歌であるが、推敲された『一握の砂』では、その第二句が「前に来て／ふと」と句跨りになっている。

同様の例は多く、例えば初出の「スバル」（明治四十三年十一月号）の「わが行きて・手とれば泣きて・しづまりき・酔ひて荒れける・そのかみの友」のように完全な定型歌が『一握の砂』230では「我行きて手をとれば／泣きてしづまりき／酔ひて荒れしそのかみの友」と推敲されるなど、次第に句の意識が希薄になり「定型からの離脱」が志向されていて、そこには「三行書き」の新しいスタイルへの転換が試みられている。

ところで、その特色は句読点を含む『悲しき玩具』においてはさらに顕著になる。具体例を二首だけ示してみる。

真夜中の出窓に出でゝ／欄干の／霜に手さきを冷やしけるかな

◎真夜中の出窓に出でて、／欄干の霜に／手先を冷やしけるかな。

右は「早稲田文学」（明治四十四年一月号）から『悲しき玩具』20への推敲であるが、初出時の第四句「霜に手さきを」を「霜に／手先を」と句の途中で改行している。

珍らしく、／今日は議会を罵りつつ涙出でたり。／うれしと思ふ。

◎珍らしく、今日は、／議会を罵りつつ涙出でたり。／うれしと思ふ。

右は「創作」（明治四十四年二月号）から『悲しき玩具』67への推敲であり、初出の第二句「今日は議会を」を「今日は、／議会を」と、前歌と同様に句の途中で改行している。つまり、④の項目における「字余り」、そして⑤の項目における「句」から「行」への改変等に着目するなら、啄木の推敲意識には常に「定型からの離脱」という法則が認められるように思われる。

⑥遺稿ノート「一握の砂以後」における「中点」の色区分に込められた啄木のメッセージとは？

周知のように『悲しき玩具』は、啄木の死後に、遺稿ノートである「一握の砂以後」を土岐哀果が「編集」した後に出版されている。従って、啄木の推敲意識を考察するには、（厳密に言うなら）『悲しき玩具』ではなく「一握の砂以後」を対象とする必要があることになる。ところが、「一握の砂以後」に関する研究は驚くほどに進展していない。その理由は「一握の砂以後」と「諸雑誌掲載歌」とにおける推敲の前後関係が諸説入り乱れていて未だに確定していないためである。

それでは、「一握の砂以後」と「諸雑誌掲載歌」との推敲関係を確定できる可能性はあるのだろうか。稿者は、一つだけその可能性があると考えている。それは「一握の砂以後」に付されている「中点」の色区分の意味を徹底検証して、啄木のメッセージを正確に把握することであると想定している。そして、その検証がなされた時に、啄木の没後百年に及ぶその謎も解明されるのではないかと考えている。「中点」の色区分の謎の解明は啄木研究史上においても難問中の難問のためか充全な検証がなされていないまま現在に至っているが、「一握の砂以後」の「中点」のイメージを理解するため、以下の解説図をご覧いただきたい。

⦿　←　黒色の中点

珍らしく、今日は、

議会を罵りつつ涙出でたり。
うれしと思ふ。　(a)『悲しき玩具』67

⦿←黒色の中点

ひと晩に咲かせてみむと、
梅の鉢を火に焙りしが、
咲かざりしかな。　(b)『悲しき玩具』68

⦿←朱色の中点

あやまちて茶碗をこはし、
物をこはす気持のよさを
今朝も思へる。　(c)『悲しき玩具』69

⦿←朱色の中点

猫の耳を引つぱりてみて、
にやと啼けば、
びつくりして喜ぶ子どもの顔かな。　(d)『悲しき玩具』70

啄木の付した「中点」の特色を整理しておきたい。一頁四首の内、以下のように(a)(b)の二首が

「黒色」、(c)(d)の二首が「朱色」の中点になっていることになる。この「黒色」と「朱色」の区分の意味は明快であると思われる。「一握の砂以後」のノートは五段階で記されていることが、今井泰子、及び藤沢全の両氏によって指摘されていて、(b)の歌はその第一段階の末尾歌に配置され、(c)の歌はその第二段階の冒頭歌になっているからである。すでに稿者は、第一段階の歌群に関する限り、啄木は『一握の砂』の「四首単位」の編集方針を踏襲していることを論証しているので、「黒色」の中点の意味は、「諸雑誌掲載歌」↓「ノート歌集」の推敲の流れを示すメッセージであることが確実だからである。すると(c)以後の「朱色」の中点は、第一段階とは異なる推敲、すなわち「ノート歌集」↓「諸雑誌掲載歌」の推敲と思われる。両者において推敲の流れが逆であることは、「諸雑誌掲載歌」と「ノート歌集」両歌群における「配列構成意識」の変容においても確認することができる。

ところが、「一握の砂以後」のノート全体では、その色区分は全一九二首中に「黒色」が六一カ所、「青色」が九カ所、「朱色」が二二カ所も含まれ、しかもそれらが複雑に混在していることから、そこに啄木のメッセージを読み取るのは極めて困難と思われる。

なお、先行研究としては、今井泰子『日本近代文学大系23　石川啄木集』(角川書店)、藤沢全『啄木哀果とその時代』(桜楓社)の二冊、それにカラーで「中点」の色区分が明瞭な復刻版「悲しき玩具直筆ノート」（盛岡啄木会）も必要となる。さらに拙著『『一握の砂』『悲しき玩具』―編集による表現―』（おうふう）の第Ⅱ部・第二章の「ノート歌集『一握の砂以後』の中点」も参照して戴ければ幸いである。

いずれにしても、「一握の砂以後」と「諸雑誌掲載歌」とにおける推敲の流れを確定しない限り、我々は本稿のテーマである「石川啄木の推敲」のみならず、『一握の砂』から『悲しき玩具』へという啄木の短歌史にも永遠に辿り着けないと思われるのである。

［補記］ 右の論考「石川啄木の推敲」は『現代短歌』編集部の依頼に応じて、啄木の推敲における諸問題と特質を整理したものである。『一握の砂』の「推敲」を考える場合、その前提になるのは『一握の砂』と諸雑誌掲載歌とにおける「推敲の前後」を確定することである。ところが『一握の砂』の場合には、その前提条件が完全に間違っていたという不幸な歴史がある。具体的には、すでに【大室精一説による研究史の転換】（149頁参照）において説明した通り、諸雑誌（明治四十三年十二月号、及び十一月号）と『一握の砂』とにおける「推敲の前後」認定の問題となる。

岩城之徳氏の指摘以来、長年に亙り「定説」とされてきたのは、『一握の砂』→諸雑誌（明治四十三年十二月号、及び十一月号）という推敲の流れであった。それに対し稿者（大室）は逆に、諸雑誌（明治四十三年十二月号、及び十一月号）→『一握の砂』の推敲と想定してきたことになる。『一握の砂』551首の内、諸雑誌（明治四十三年十二月号、及び十一月号）掲載歌は144首に及ぶため、その推敲の前後を逆転するという大室説には反発が強く、特に岩城説を踏襲する近藤典彦氏との間に七年にも及ぶ論争を展開してきたことになる。そして最終的には、近藤氏が大室説を認め賛同する方向で決着した経緯がある。

ところでこの大室説に従うなら、『一握の砂』には以下に示す極めて明快な「推敲の法則」が存在することになる。

法則の一→推敲による定型からの離脱①「57577」から「字余り」へ

法則の二→推敲による定型からの離脱②「句」から「行」へ

法則の三→推敲を加えるたびに配列構成が完成していく

本書に掲載した「石川啄木の推敲」は、右の法則を具体例に準拠しながら明示した論考ということになる。もし仮に「推敲の前後」が従来の想定のままであったなら、我々はこの法則に辿り着くこともなく永遠に啄木の推敲意識に迫れなかったことになると思われる。

【「一握の砂以後」と『悲しき玩具』】

『悲しき玩具』は歌集の発行が啄木の死後ということもあり、その元資料である遺稿「一握の砂以後（四十三年十一月末より）」と諸雑誌掲載歌との推敲の前後関係が殆ど考察されてこなかった経緯がある。問題を複雑にしているのは「一握の砂以後」への記載時期が五段階〈「第一段階」（3〜68番歌）、「第二段階・前期」（69〜98番歌）、「第二段階・後期」（99〜114番歌）、「第三段階」（115〜130番歌）、「第四段階」（131〜177番歌）、「第五段階」（178〜194番歌）〉に分かれていて、諸雑誌掲載歌との推敲の前後関係が一律に論じられないという点にあると思われる。

そこで稿者は、その両者の各段階における配列意識の比較検証を試みた拙論を、勤務先（佐野日本大学短期大学）の研究紀要に十年近く連載し「推敲」問題の解明に挑んできた。その結果、両歌群における配列意識の変容、句読点を含めた表記の改変などの諸データは次第に整ってきたように思われる。

しかし、『悲しき玩具』における推敲の考察は、残念ながら刊行後百年を経た現在においても遅々として進まない状況が続いている。

【大室精一説による研究史の転換】

『一握の砂』に比較して『悲しき玩具』の論考は極端に少ない。その『悲しき玩具』の中でも「推敲」を扱うテーマとなると、考察する文献も殆ど存在しないため、啄木研究では長年に亙り「不毛の領域」という判断が下されてきた。稿者はその現状を打破するため、『悲しき玩具』の形成論を十年近く連載し報告してきたことを、前節において記してきたわけである。

ところが、その検証作業の途次、『悲しき玩具』の元本である「一握の砂以後」の「中点」には啄木からのメッセージが込められていることを発見した。「一握の砂以後」の「中点」とは、啄木がノートに付した第一段階の「黒色」、第二段階の「朱色」、第三段階の「青色・黒色」の点を指しているが、この色区分を詳細に分析したところ、「一握の砂以後」と諸雑誌掲載歌とにおける「推敲」の前後関係を示していたことが判明した。しかも稿者の想定に従うなら、啄木の付した「中点」の色区分には一首の例外も認められないことも明確になった。

すると、前項（エポック⑩）で扱った『一握の砂』のみならず、『悲しき玩具』においても刊行後百年を経て「推敲」の前後関係が確定することになった。ノートの「中点」が、この発見の端緒であることに着目するなら、「中点」の存在は『一握の砂』から『悲しき玩具』へという啄木の短歌史を、百年後の我々に正確に伝えたいという（病状の啄木からの）執念のメッセージのように思われてならない。今は、『悲しき玩具』研究史の転換が、この瞬間から始まることを期待したい。

【大室精一説の要旨・抜粋】

前節までに『悲しき玩具』における「中点」の重要性を説明してきた。その「中点」に関する論考は拙著『『一握の砂』『悲しき玩具』―編集による表現―』（おうふう）の第Ⅱ部第二章「ノート歌集『一握の砂以後』の中点」に収めてある。しかしその拙論は余りにも長文でありデータも煩雑なので、ここでは総括として記した「確認事項」の一部のみを引用しておきたい。

なお、その文中に「各段階」と記してあるのは藤沢全著『啄木哀果とその時代』（桜楓社）からの引用であり、具体的には次の五段階〈「第一段階」（3～68番歌）、「第二段階・前期」（69～98番歌）、「第二段階・後期」（99～114番歌）、「第三段階」（115～130番歌）、「第四段階」（131～177番歌）、「第五段階」（178～194番歌）〉を示している。

「ノート歌集『一握の砂以後』の中点」

まとめ（確認と課題）※前著の再掲載

さて以上のように、『悲しき玩具』ノート歌集の中点について考察してきた。『一握の砂』に比較して『悲しき玩具』の形成論的な研究はかなり遅れていると思われるので、この拙論にも少しは問題提起の意義はあると思う。

本稿における主な確認事項を整理しておきたい。

〔確認1〕『悲しき玩具』ノート歌集には①『肉筆版　悲しき玩具』（書物展望社・昭和十一年）、及び②『悲しき玩具　直筆ノート』（盛岡啄木会・昭和四十九年）の二種類の復刻ノートが刊行されている。そのうち『肉筆版　悲しき玩具』には「歌の配置」「中点の書き加え」「白黒複写」の三点に重大な欠陥のあることを確認した。従って、復刻ノートを利用する場合には②『悲しき玩具　直筆ノート』に限定されることになる。

〔確認2〕「第一段階」では「諸雑誌」→「ノート歌集」の推敲であり、「諸雑誌の掲載歌が初出」であることを示すために「ノート歌集」に「黒」の中点を付したと思われる。

〔確認3〕「第二段階・前期」では逆に「ノート歌集」→「諸雑誌」の推敲であり、「諸雑誌の掲載歌がノート歌集からの転載」であることを示すために「朱」の中点を付したと思われる。

〔確認4〕「第二段階・後期」も「ノート歌集」↓雑誌「創作」の推敲であるが、すべての歌が「創作」に転載されていて転載の有無を区別する必要がないため、中点を省略したと思われる。

〔確認5〕「第三段階」では「精神修養」↓「ノート歌集」、及び「ノート歌集」↓「新日本」の推敲であり、「精神修養の掲載歌が初出」であることを示すために「青」の中点を付し、「新日本の掲載歌が転載」、或いは「ノート歌集」のみに含まれる歌を示すために「黒」の中点を付したと思われる。

〔確認6〕119番歌において、「精神修養」掲載歌が、「初出」でなく「別歌」であるとするなら、『悲しき玩具』ノート歌集における中点、及び中点の色区分には一首の例外もないことが判明することになる。

〔確認7〕中点、特に色区分の存在することは、啄木が後に歌集全体の編集を意図していたことの明確な論拠のひとつになると思われる。

〔補記〕 繰り返し説明してきたように『悲しき玩具』の元資料は「一握の砂以後」であり、歌集『悲しき玩具』は啄木の死後に土岐哀果が編集をして誕生することになる。ところが、その元資料である「一握の砂以後」の形成過程は謎に包まれていて未だに充分な検証がなされていない。この謎の解明に初めて挑んだのが藤沢全『啄木哀果とその時代』（桜楓社）であり、本章で「エポック・プラスワン」として設定した拙論も藤沢説の補足を意図したものである。

その藤沢説の特色は「一握の砂以後」の記入時期を「五段階」に区分したことにあり、各々の段階において諸雑誌掲載歌との推敲の前後にまで考察が及んでいる点が画期的であった。その結果、以後の『悲しき玩具』論は藤沢説に導かれながら展開してきたことは周知の事実である。しかし、「一握の砂以後」と「諸雑誌掲載歌」とにおける推敲の前後については、確定的な論証がなされていないのが現状であった。この現状を打破するため、稿者（大室）は各段階における「表記」と「配列構成」の比較を通して、つまり「傍証」を積み重ねることにより推敲の前後を確定しようと試みてきた。その途次、偶然に「一握の砂以後」の中点に込められた啄木のメッセージを発見したことになる。

さて、稿者（大室）の拙論「ノート歌集『一握の砂以後』の中点」は、「中点」の色区分（黒・朱・青）の意味を分析したものであり、その色区分に実は啄木自身の編集意識が反映されていることを論証したものである。藤沢説における記入時期の「五段階」区分、そして拙論による「中点」の色区分の分析検証を経て、『悲しき玩具』形成論はほぼ確定していくことになると思われる。

そこで、「エポック・プラスワン」に引用した拙論の「確認事項」を一覧してみるなら、

【「一握の砂以後」と「諸雑誌」との推敲の前後関係】

第一段階　（3～68番歌）　「諸雑誌」→「ノート歌集」
第二段階・前期　（69～98番歌）　「ノート歌集」→「諸雑誌」
・後期　（99～114番歌）　「ノート歌集」→「諸雑誌」
第三段階　（115～130番歌）　「精神修養」→「ノート歌集」→「新日本」
第四段階　（131～177番歌）　「ノート歌集」→「諸雑誌」
第五段階　（178～194番歌）　「ノート歌集」→「詩歌」

のように整理されることになる。そして、この推敲の前後が右のように確定するなら『悲しき玩具』の形成論は刊行後百年を経て初めて啄木の編集意識に結び付くことになる。そして、右の拙論による想定に従うなら、『悲しき玩具』には極めて明快な「推敲の法則」が存在することも判明する。

そこで、それを整理してみるなら、

法則の一→推敲による定型からの離脱①「57577」から「字余り」へ
法則の二→推敲による定型からの離脱②「句」から「行」へ

法則の三 ↓ 推敲を加えるたびに配列構成が完成していく

以上の三項目は『一握の砂』と同じ

法則の四 ↓ 句読点は推敲を加えるたびに「なし↓読点・句点↓諸符号」と改変

という「推敲の法則」になり、啄木の推敲意識は『一握の砂』から『悲しき玩具』へと一貫して「定型からの離脱」を意図していたことに気付く。我々がこの単純な法則に気付かなかったのは、これまで推敲の前後について充分な考証がなされなかったためである。

啄木における本格的な短歌史の研究は、実はこれから始まることになる。

第三章　《啄木寸感》　アラカルト10

アラカルト① 〔初めて短歌を作った頃〕

前号の巻頭言に「啄木そっくり」という雑文を記したところ予想以上の反響があり、そのため目良編集長より、本号にも書くようにとの指示を受けました。そこで今回は、短歌との出会いについての思い出を記してみます。

私が短歌を初めて作ったのは中学二年の頃、今から四十年以上も昔のことになります。当時の私は生徒会長、野球部主将などをしていたのですが、超多忙生活のついでに同人雑誌も企画しました。その同人雑誌の巻頭を飾ったのが次に記す短歌です。

笹の葉に祈りて浮かべし一葉舟
我が身に似たり風の吹くまま

今思い起こすと何とも気障で恥ずかしくなるような短歌ですが、当時は一端の文学少年を気取っていたものです。因みに当時のペンネームは、この歌から命名して「笹舟真吾」と署名していました。その後、高校時代には短歌に縁がなかったのですが、大学に入り森脇一夫先生の「創作演習」で歌会（？）のようなコーナーがあり、一年間だけ短歌を作りました。私の作品（無記名）は例によって軽薄な内容なのですが、音読すると美しいリズムに感じられるためか女子学生に人気があり投票では毎回のように最高点を付けていました。ところが、そこに森脇先生の酷評が待ち受けています。森脇先生は万葉集や若山牧水の研究者ですが、牧水の弟子でもあるためか短歌の創作には特に厳しく、私には褒められた記憶があまりありません。ただ、ひと夏で二百首ほどの短歌を作り提出した時に、一首だけ赤ペンで二重丸が付してある歌がありました。それは次の歌です。

万葉の歌を愛すと朗らかに
　旅の乙女は我に語れり

但し、右の歌のみに付されていた二重丸にどのような意味があったのかは、ついに確認できないまま現在に至っています。

ところで、毎回の酷評にもめげず当時の私が短歌の創作に熱中したのは、先生の指導とは無縁に、遊び心で「短歌による短編小説」を意図していたからでした。私の作った当時の歌は、殆どすべてが連作でストーリーがありました。これは自分でもよく理解できないのですが、現在の私が啄木の歌の配列意識に異常に拘るのは、そこに原点があるのかも知れないと感じるようになりました。

さて、「短歌による短編小説」のテーマは「初恋」「日記」「嘘」など様々でしたが、それらの中から「水芭蕉」の一例のみを示して巻頭言を閉じたいと思います。もちろん四十年も昔の作品ですから、幼稚さを笑いながら読み飛ばしてくだされば幸いです。他のテーマについては、国際啄木学会の大会やセミナーの後の懇親会で、小生の羞恥心が稀薄になった時にでも酒の肴として話すことにします。

〔水芭蕉〕

去年の夏友と二人で行きし尾瀬に
　　今年は友が一人で行きけり

尾瀬沼より友のくれたる絵葉書に
　　水芭蕉のスケッチありて

「一人見る水芭蕉はさびしい」と
　　女性らしさが文ににじめり

初恋の痛みを我に与えたる女の文くる
　　姓が変わりて

（『国際啄木学会東京支部会報』第16号・巻頭言・平成20年5月）

アラカルト② 〔年賀状の啄木歌〕

年賀状に利用される古典文学の名歌と言えば、万葉集の巻末を飾る
「新しき年の始の初春の今日降る雪のいや重け吉事」
という大伴家持の歌がまず挙げられるだろうか。そして啄木歌なら殆どの人が
「何となく、／今年はよい事あるごとし。／元日の朝晴れて風無し。」
の歌を想起することになりそうである。

ただしかし、この両歌は、少しでも作者の人生を学んだ者には「淡い願望」の心情が汲み取られて空しさを誘発しそうな趣もある。特に啄木歌で「今年も」でなく「今年は」と表現されていることの意味は、啄木晩年の悲哀を象徴しているようにも感じられる。そのため小生などは、勤務先が殆ど女子学生であることにもよるが
「世の中の明るさのみを吸ふごとき／黒き瞳の／今も目にあり」
の歌などを隔年ごとに記したりしている。

ところで今年の年賀状、最近の世相を憂慮しながら選んだ啄木歌は

「新しき明日の来るを信ずといふ／自分の言葉に／嘘はなけれど――」であった。「嘘はなけれど――」の歌句が正月にふさわしくないとの疑念を抱きながら、しかし最終的にこの歌しかないと考えての選択であった。

但し、国際啄木学会会員の皆様には「新しき明日」が到来すると固く固く信じている。

（『国際啄木学会東京支部会報』第17号・巻頭言・平成21年3月）

アラカルト③　〔「がんぐ」か「おもちゃ」か〕

平成二〇年九月一日の朝日新聞に、石井辰彦氏から、『悲しき玩具』における「玩具」の読み方は「がんぐ」ではなく、「おもちゃ」ではないのかという疑問が投げかけられた。この記事は大きな反響があり、盛岡支部の森義真会員からも東京支部宛に問合せがありました。そこで八月の東京支部会において、大室が「〈がんぐ〉か〈おもちゃ〉か」のテーマで問題提起を試みました。本号に掲載した井上信興「啄木歌集『悲しき玩具』に関して」の論は、この問題提起に一つの指針を示した好論と思います。その井上論の後では蛇足となりますが、このテーマで寸感を記してみます。

まず前提となる確認事項としては、

① 啄木の遺した歌稿ノートには「一握の砂以後（四十三年十一月末より）」と記されていること
② 『悲しき玩具』の歌集名は土岐哀果が命名したもので、そこにルビは記されていないこと
③ その歌集名は、啄木の「歌のいろ〳〵」末尾の「歌は私の悲しい玩具である」から採ったと哀果が「後記」に記していること、の三点が客観的事実として挙げられる。主観的な要素も記してみるなら、

④歌語、或いは文章中の読み方と、歌集名の読み方とは区別する必要があること
⑤歌集名が「悲しい玩具」でなく、「悲しき玩具」であることの検討も必要であること、などの諸点も挙げられるように思う。

さて「玩具」の読みは「がんぐ」か「おもちゃ」か。この問題を考察するには興味深いデータが実はある。それは啄木「歌のいろ〳〵」における ルビの特色である。東京朝日新聞に掲載された時に啄木が付したルビは全文で約一七〇箇所であるのに対し、哀果が収録した際には約三〇〇箇所もルビが付されていて約一三〇箇所も増加しているという事実である。つまり哀果は読みに徹底的に拘り、少しでも読みに不安があればルビを追加したことになる。そこで③の「歌は私の悲しい玩具である」の箇所を眺めるなら、啄木は「玩具」に「おもちゃ」とルビを付しているが、哀果は「玩具」にルビを付していないことが判明する。つまり啄木が付した「おもちゃ」のルビを、哀果が削除していることになる。ルビの総数を膨大に増やしている中で、これはとても異例な現象である。

この事実は、何を意味しているのだろうか。もちろん断定は不可能であるため、それ以上の発言は想像の域を出ないことになるが、『悲しき玩具』の歌集名を決定した直後の哀果にとって「玩具」の読みは「おもちゃ」でなく「がんぐ」が相応しいと判断したのかも知れないという想定も可能になりそうなデータとなる。

テーマから少し離れるが『悲しき玩具』歌集名の関連では、今井泰子『日本近代文学大系・石川啄木集』（角川書店・昭和四四年）補注欄の指摘には感動させられた。それは啄木の日記の裏面に記載されていたメモについての指摘である。メモの内容は次のとおりである。

「東海の小島の磯の白砂に吾泣きぬれて蟹とたはむる」。

『一握の砂』『悲しきおもちや』

右のメモに関して今井補注では「啄木の頭の中で『一握の砂』に並列するものとして『悲しきおもちや』の題名が用意され、歌集公刊が空想されていたことは間違いない。」と指摘し、さらに「土岐がもし題名を聞いていれば、『悲しきおもちや』ないしは『悲しき玩具（おもちや）』と指示されたに違いない。」と結んでいる。日記そのものを見ていないため、資料の信憑性に不安はあるが、今井説の通りであれば啄木の意識に肉薄できそうな高揚感が湧いてくる。どなたかご教示願いたい。

ともあれ、『一握の砂』に比較して『悲しき玩具』はあまりにも注目されていない感がある。そこで本号掲載の井上論文が導火線になり、『悲しき玩具』論も脚光を浴びるようになって欲しいと考えている。

（『国際啄木学会東京支部会報』第18号・巻頭言・平成22年4月）

アラカルト④　〔「啄木」デビューの頃〕

「初心忘るべからず」という諺の意味を（現在の弱い自分に）思い出させるために、「啄木」デビューの頃についての寸感を記し巻頭の言葉としたい。

啄木に関する稿者のデビュー論文は、勤務先の研究紀要に平成九年に発表した「啄木短歌の形成①――『一握の砂』の音数律について――」である。その拙論の「はじめに」の項に、稿者は次のように記している。

「啄木短歌の形成」と題して、啄木の短歌における音数律、推敲意識、数表記、擬声語、用字用語、類歌、古典摂取、歌の配列などの諸問題に対しての、基礎的なデータ整理と、諸説の整理検討を順次試みたいと思う。

本稿は、その一回目の報告となるが、ここでは『一握の砂』における音数律の特色をめぐる問題のみに焦点を絞ることにする。

ところで、啄木の短歌は平易で理解しやすく、誰にでも「共感」し得る歌として定評がある。稿者自身も折に触れて啄木の歌を詠み、いつしか啄木の歌と自分の人生とが交差する印象を強く感じることもある。しかもどうやら、啄木の歌におけるその一種独特の雰囲気は啄木愛好家に共通する現象であると思われる。しかし、「共感」というその魔物を取払わない限り、見えてこない世界が啄木の歌にはあることも厳然たる事実である。

本稿ではその点に留意し、印象批評の陥りやすい「錯覚」を排除する立場から、ある意味で必要以上に客観的なデータに固執し、具体的な分析のみを提示するに止めた。その基本方針を貫くために、該当する歌なども煩を厭わず用例のすべてを一覧して表に示すことにした。

右の文章を読み返してみるなら、（書いた本人が赤面するほど）怖いもの知らずの旺盛な意欲に溢れていることに気付く。そしてこの文章を書いてから（つまり「啄木」デビューしてから）、早いものですでに十三年の年月が流れている。その間、啄木に関する論文は丁度二十篇、書評等の雑文掲載は十五篇程度を報告してきたことになる。「音数律」「推敲意識」「歌の配列」について少しは成果を残せたという自負もあるが、当時最も情熱を傾けていたテーマである「古典摂取」、例えば「啄木の万葉摂取」等に関する殆どの考察は遅々として進展していないのが現状である。そのため、当時の情熱を再び喚起したいと考えている。

ところで、右の拙論の骨子は、平成八年三月に明治大学で開催された国際啄木学会東京支部会での口頭報告に基づいている。その報告は僅か二十数分の拙いものであったが、何と近藤典彦支部長（当時）による「糾弾」が六十分を超過するという展開になってしまった。万葉集に関しては何度か発表した経験はあるが、啄木に関する発表は当日が初めての体験であったため、立ち竦んだ状態での惨憺たる「啄木」デビューになってしまった印象が強い。しかし、この発表で用いた資料は、稿者の（その後の長い）啄木研究の礎となるべき基本データであったため、「糾弾」を続ける近藤氏が呆れ返るほど執拗に反撃を試みた記憶もある。

その時、質疑応答の焦点になったのは、『一握の砂』と諸雑誌掲載歌とにおける推敲の前後に関わる問題であった。大室は『一握の砂』では、全ての雑誌掲載歌が推敲前であり、その歌の表現が改変されて『一握の砂』に結晶したと説き、その推敲による表現の改変を分析し一覧表で提示した。その一覧表に対して近藤氏は、明治四十三年十一月号、及び十二月号の雑誌に掲載された歌だけは、『一握の砂』が逆に推敲前であり、従ってこのデータは全く無価値であると指摘された。その理由は、岩城之徳『石川啄木伝』（東寶書房・昭和三〇年一一月）が『一握の砂』編集完了の時期を「明治四十三年十月末」と指摘して以来、これは啄木研究者の誰でもが知っている「常識」になっているからであると説明された。質疑応答は延々と続き、他の会員が一言も発言しないまま支部会は閉会になり、懇親会に誘われ冷酒をかなり飲んだことを覚えている。この時の質疑応答が熱を帯びた激論になったことは、次の支部会で佐藤勝会員が、「大室さんが来てくれて良かった。もう支部会に出て来ないかと思った」と真剣に心配してくれたことからも想像できると思われる。

ところで、この「論争」はその後も数年間続くことになる。例えば五年後の高雄大会ではホテルの相部屋を互いに熱望し、このテーマについて二人で夜通し語り合ったりもしたほどである。そのうちに稿者も「『一握の砂』序文の形成」（『研究年報』第6号・平成一五年三月）、或いは「『一握の砂』編集の最終過程」（『国文学　解釈と鑑賞』至文堂・平成一六年二月号）、さらには「『真一挽歌』の形成」（『論集　石川啄木Ⅱ』おうふう・平成一六年四月）等の論を少しずつ補足していき理論武装の術も身に付けるようになっていた。

ところが、この論争は近藤氏の『『一握の砂』の研究』（おうふう・平成一六年四月）の刊行によって決着をみることになる。大室説の唯一の障害は（近藤説の柱となる）岩城説であったが、その岩城説を近藤氏自身が前掲書の中で「見本組」と「見本刷」との詳細な考察により完全に否定されたからである。その結果、稿者のデビュー論文も七年の時を経て認知してもらえるようになった、という経緯がある。

最近、もしこの論争がなかったら稿者の啄木論は、どのように展開したのだろうか、と考えることが多い。振り返ると夢の時間のような感覚で、不思議なほどの充実感に溢れ恵まれすぎた「啄木」

デビューであったようにも思われる。実際に啄木研究の第一人者が、一新人の仮説に対して、これほど真剣に向き合いながら精魂を込めて「啄木学」を究めようとして下さったことは奇跡としか表現のしようがない。そして、(言い忘れていましたが)実は稿者は無類の「論争」大好き人間なのである。

(『国際啄木学会東京支部会報』第19号・巻頭言・平成23年4月)

アラカルト⑤ 〔東京支部長時代の小川武敏先生〕

小川武敏先生のイメージを東京支部会の折に話し合ったことがある。その際の代表的なイメージをキーワードだけで示すなら「お洒落・温厚・気配り・音信不能」等が挙げられる。そこで、そのキーワードについて再考しながら先生の面影を噛みしめたいと思う。

まず「お洒落」のキーワードであるが、小川先生には田村正和の雰囲気を漂わせた独特の存在感が印象深く残っている。明治大学の教え子からは「ダンディー先生」と呼ばれていたとのことでなるほどと納得したものである。

次に「温厚」の表現も小川先生の代名詞のようになっている。例えば、東京支部会の研究発表会では近藤典彦先生を中心に激論が勃発することが多く、小生なども火達磨の状況になったことが時々あるが、その雰囲気の中でも小川先生だけはいつもにこやかに笑顔で見守って下さっていたという印象がある。先生には当時すでに『石川啄木』（武蔵野書房・一九八九年）の名著もあり緻密な論証に定評があったが、我々後進には極めて寛容な態度で最後まで指導して下さったため、今でも優しい笑顔の表情しか思い浮かんでこない。

小川先生は又「気配り」の名人でもあった。例えば「東京支部会会報」（第一一号）の「巻頭言」

を読み返して戴ければ、そのお人柄がとてもよく理解できると思う。そこには、新支部長になられた意気込みと共に、歴代の役員への労いの言葉が綿々と綴られていて、新しく編集に加わったばかりの亀谷中行氏と小生に対しても配慮溢れる言葉が添えてあり、亀谷氏と二人で編集後記を記しながら感激したほどである。「気配り」と言えば、小川先生が体調不良に陥り、支部長を突然にやめられた時には小生が急遽ワンポイントリリーフの支部長に指名されたためもあり、励ましの言葉をたくさんかけて戴いたのも印象深い。その時期には、東京大会（平成一八年）を直前に控えていたためもあるが、新米の支部長になった小生を色々心配されての親心であったように思われる。今更ながら感謝の念で一杯である。

最後に「音信不能」というキーワードも、如何にも小川先生らしさに溢れていると感じられる。小川先生に緊急に連絡を取る必要がある時に、電話・メール・FAX・電報のいずれの手段を用いても回答が戴けないことが再三あったということを、多くの会員から聞いたことがある。普通ならば激怒されるところであるが、小川先生なら仕方ないか、といずれも笑って許されてしまうところが面白い。誰からも愛された小川先生のお人柄のなせる業なのであろうか。

ご冥福を心よりお祈りいたします。

（『国際啄木学会東京支部会報』第21号・追悼号・平成25年4月）

アラカルト⑥　【書評】　遊座昭吾著『鎮魂　石川啄木の生と詩想』

文学研究の世界にスターという呼称は、或いは不適当なのかも知れない。しかし、現実に誰からもスーパースターと呼ばれ続ける研究者がいる。一人は犬養節の朗詠で名高い「万葉の旅」のスペシャリスト犬養孝氏、もう一人は、「運命の糸」によって啄木に引き寄せられ、啄木学に独自の世界を築き上げた遊座昭吾氏である。このお二人の講演は、とにかく多くの聴衆を魅了する。

その遊座昭吾氏による『鎮魂　石川啄木の生と詩想』が刊行された。この本を目にした時、まず啄木ファンの誰もが、その書名に含まれる「鎮魂」の語に魅惑されるはずである。なぜなら、著者が啄木に対して「鎮魂」という語を用いる時、他の研究者には決して踏み込めない因縁を感知させるからである。

序文の「啄木と万年山宝徳寺の因縁」において、まず遊座氏は次のように述べる。

万年山の奥まったところに、宝徳寺累代住職の墓所がある。地面には苔が密生し、その緑を増して、いっそう静寂さを加えている。十四世遊座徳英、十五世石川一禎、十六世遊座芳筍、十七世芳夫と並び、そのうしろに卒塔婆が建っている。徳英は私の祖父、一禎は啄木の父、そして芳筍、芳夫は、私の父、兄である。

このさりげない導入表現によって、我々は啄木と著者との「因縁」の深さを知り、同時に「鎮魂」の語句に秘められたメッセージに思いを寄せることになる。

I章「啄木・魂の像」という講演の部には、「啄木のまなざし」「世界が観る啄木・賢治」「詩人の魂」が収められている。そのうち「啄木のまなざし」は、二〇〇九年二月二一日の岩手県立盛岡第一高等学校白堊ホールでの最終講義を活字化したものである。評者は、著者の教え子である国際啄木学会の友人から録音テープを拝借し、この名講演を日課のように拝聴し続けた時期がある。朗々と響き渡る声、一語一語噛みしめるような独特のリズム、時折り訪れる沈黙の時間などに魅せられてしまった。今後は本書によっても、その遊座ワールドを満喫したいと考えている。

II章「創作の起源としての生と死」という論考の部には、『一握の砂』『悲しき玩具』「天鵞絨」等の各作品論の他に「十代の自画像——啄木思想の原点」「文学者とその時代の系譜」「一族の終焉」が収められている。この章では、「血に染めし歌をわが世のなごりにてさすらひここに野にさけぶ秋」の歌に対して、「文学者の処女作が、その文学者の晩年を言い当てて」いると指摘し、啄木の生と「悲しき玩具」としての歌の存在意義との連関を分析している点が興味深い。

又、啄木の代表的な思郷歌である「ふるさとの山に向ひて／言ふことなし／ふるさとの山はありがたきかな」と古代の英雄倭建命の「国思ひ歌」である「倭は　国のまほろば　たたなづく　青垣山隠れる　倭しうるはし」との類似点の指摘分析も、従来の啄木研究にはない著者独自の視点であり、今後の指針になると思われる。

Ⅲ章「啄木を巡って」資料1では、湯川秀樹氏と著者との出会いの場面が印象深い。湯川氏は「弘法大師に次いで、啄木を天才」と認める程の熱烈な啄木ファンとして有名であること、高名なノーベル物理学賞受賞者の一番好きな歌が「いのちなき砂のかなしさよ／さらさらと／握れば指のあひだより落つ」であること等が紹介されている。

この章には又「尾崎咢堂のことば」も引用されている。そこには「手が白く／且つ大なりき／非凡なる人といはるる男に会ひしに」に対して、あの歌は「私を詠んだ歌だといふことである。今から考へると、あれだけの天才歌人に接しながら、なぜもう少し親切に待遇しなかったのかと、後悔の念が浮む」という尾崎氏の後日談が吐露されていて、思わず微笑みを浮かべてしまいそうになる。

Ⅳ章には啄木と京助との「架空対談」が収められている。この対談は、著者の啄木への深い愛着により構想されたものであり、啄木が生前に語れなかった親友への感謝の言葉が込められていて心が和む。啄木をめぐる架空対談には山下多恵子氏による「節子に聞く」（『忘れな草　啄木の女性たち』・未知谷）もあり、両者はそれぞれ夭折した啄木を偲ぶ心温まる企画になっている。

そして最終章には、山折哲雄氏と三枝昻之氏との対談「啄木没後百年　東北の詩魂と反問」が収められている。著名なお二人による震災を踏まえての対談により、我々が未来に向けて啄木を学ぶことの大切さが示される。三枝氏は「啄木は読むたびに新しい。それは、自分が何者かという問いを、啄木ほど問い詰めた人はいないから」と発言され、山折氏は「現在の閉塞感に悩む若者たちには、可能性への挑戦、そして遊牧民的な精神を啄木から学んでほしい」と訴えかけている。

以上のように本書『鎮魂　石川啄木の生と詩想』は、長年に亙る「遊座啄木学」を総括するアンソロジーとして編集されている。著者にはすでに『啄木と渋民』『石川啄木の世界』『啄木秀歌』『林中幻想　啄木の木霊』『啄木と賢治』『北天の詩想』などの名著が多数あるが、我々は、遊座氏による新たなる著書・論考・講演を待ち望んでいる。そのことを切にお願いして「書評」に替えたいと思う。

遊座昭吾著『鎮魂　石川啄木の生と詩想』（里文出版・平成25年12月）

（『国際啄木学会研究年報』第17号・書評・平成26年3月）に掲載

アラカルト⑦　【書評】門屋光昭著『啄木への目線』

〔修司・周平らの視点、民俗学で読む〕

本書は、好評を博した山本玲子氏との共著『啄木と明治の盛岡』に続く、啄木に関する著者二冊目の論集である。民俗学を専門とする著者にはすでに『隠し念仏』『東北の鬼』『鬼と鹿と宮沢賢治』など多くのユニークな著作があるが、最後に啄木研究に辿りついた契機は藤沢周平にあるという。啄木記念館に移築復元されている旧渋民尋常小学校を訪れた周平は、教室の小さな椅子に座った時、当時の生徒の目線で教壇の上の袴姿の啄木が見えたという。それに感動した著者は「緒言」に「藤沢周平のような目線で啄木をとらえ、わが啄木好みを語りたい」と執筆動機を語る。そして著者の目線でとらえた啄木像は、「啄木への目線」と題したこの書において、従来の啄木研究の枠とは異質でしかも鮮やかなイメージを読者に与えることになる。

「啄木の絵葉書」は、啄木記念館所蔵の絵葉書の「発信者・受信者・発信日・図柄・文面・備考」を詳細に調査し、その特色を論じたものである。宛先は金田一京助、上野さめ子、並木武雄らである。もちろん全集などで「文面」の確認は可能であるが、「図柄・備考」欄における詳細な分析により、絵葉書の図柄に啄木の心理を読み取ろうとする発想には深い興趣を覚えた。

「啄木と橘智恵子」では、著者は「忘れがたき人人　二」の章の末尾歌に着目して、啄木と智恵子の書簡のやりとりを詳細に照合する。その結果、智恵子に関する二十二首を「歌物語」的な文学的虚構の世界ととらえ、そこに啄木独自の配列構成の美を指摘する。この指摘には実は近藤典彦氏等の先行研究もあるが、『一握の砂』形成論への大きな布石になると思われる。

他に、啄木短歌の影響を受けた文学者（立原道造・寺山修司・中原中也・折口信夫ら）の紹介項目では多くの逸話が挿入されていて、啄木文学の幅広さと出会いの不思議さに改めて気付かされた。著者の啄木への温かいまなざしを感じる好著である。

門屋光昭著『啄木への目線』（洋々社・平成19年12月）

（『赤旗』書評・平成20年3月30日号）に掲載

アラカルト⑧ 【書評】 池田功著『啄木 新しき明日の考察』

最初に岩城之徳先生の思い出話から入りたい。私が学生の頃、岩城先生はご自身のことを「啄木馬鹿」或いは「啄木伝道師」と呼んでいた。啄木に関する新著をノルマとして毎年一冊以上は必ず刊行することを公言されていて、授業では年度別に異なる新刊本を使用するのが慣例になっていたほどである。当然のことながら、テレビやラジオへの出演も多く、研究者のみでなく広く一般大衆に向けて啄木文学を普及させるために八面六臂の活躍をされていた。その意味で、岩城先生には「啄木伝道師」の称号が相応しいと誰もが感じていた。

ところで現在の「啄木伝道師」と言えば、それは池田功氏になるだろう。池田氏の昨今の活躍には凄まじいものがある。昨年来、啄木没後百年を記念して様々な企画が催されたが、池田氏はシンポジウム・講演・対談・公開講座・テレビ出演などのすべてに大活躍をされている。啄木に関する著書に限定しても『石川啄木　国際性への視座』、『石川啄木　その散文と思想』、『啄木日記を読む』等の名著を続々と刊行されている。その現在の「啄木伝道師」池田氏が、東日本大震災からの復興を視野に入れながら熱いメッセージを執筆したのが本書『啄木　新しき明日の考察』ということになる。項目は以下の通りである。
1　労働と文学との葛藤――天職観の反転
2　『一握の砂』――「海」のイメージの反転と反復
3　日韓併合に抗する歌――亡国の認識
4　「時代閉塞の現状」――社会進化論の受容と批判
5　辛亥革命という希望――啄木の中国観
ところで、本書における池田氏のメッセージの源は、実は昨年度の盛岡大会にあると思われる。東北の復興を祈念して開催された盛岡大会のパネリストとして登場した池田氏は、『悲しき玩具』中の「新しき明日の来るを信ずといふ／自分の言葉に／嘘はなけれど――」の歌の解釈で「初出」の「友の言葉」が「自分の言葉」に推敲されていることに着目する。そして「友の言葉ではなく、それは自分の言葉なのだと訂正した時に、やはりより新しき明日への希求とそれにも拘らずその困難さを自分のものとして受け止めようとしている様が理解できる」と発言され、その視点から啄木の、そして啄木研究の「新しき明日」に言及された。その際に、時間の制約により語り尽くせなかった啄木の「現在と明日」を本書で披瀝していることになる。従って我々読者は、盛岡大会での池田氏の、あの熱気溢れる発言を噛みしめながら本書に立ち向かう必要があると思われる。

さて、本書の冒頭「はじめに」の項において池田氏は

啄木の成長の秘密を反転と反復のイメージを使って解き明かすことにより、啄木が最終的にたどり着いた「新しき明日の考察」をしなければならないという、今日最も重要とも思えるメッセージを本書で考えてみたいと思います。

と述べている。そしてその言葉通り、本書中に何度も繰り返される「反転」「反復」の語句は、池田氏独自の論理展開を読み解く要素になっていることに気付く。例えば「労働と文学との葛藤」の章には「天職観の反転」という副題が付されているが、そこにはキーワードとなる「天職」観の分析を通して啄木内面の「反転」が鮮やかに示されている。

具体的に著者の論理展開を辿ってみよう。氏はまず「天職」の語が「石川啄木全集」に十四例あることを示す。そしてその用例の初期には「天職」の語は「真や美を追求する生き方」、すなわち啄木の場合「文学活動に生きること」に限定されていて、実労働や実生活から無縁な意識として使用されているという分析結果を提示する。ところが妻節子の家出事件を契機に、その後の啄木の意識は百八十度「反転」していき、むしろ文学をするだけの人間を批判的に捉える意識に変容していく。その心境の推移を著者は様々なデータに基づきながら「天職」「反転」のキーワードを読み解くことにより極めて印象深く、しかも具体的に論証している。

続く「『一握の砂』――〈海〉のイメージの反転と反復」の章では、今度は「反転」「反復」という二つのキーワードに着目して、啄木詩歌における創作の秘密を著者独自の手法により解き明かしている。特に「砂山十首」各々の歌に関して、

このように小説『漂泊』の場面設定やイメージが「反転」「反復」を繰り返しながら『一握の砂』の冒頭一〇首の海と砂浜を舞台にした一人の男の物語に編集され直した

という指摘には驚かされた。もちろんこのテーマには遊座昭吾氏等の先行研究は存在するが、池田氏によるこの緻密な分析結果の提示により「一首の短歌の創作の背後に、詩や随筆や小説の中の言葉やイメージを繰り返し再生産し反復させながら高みに上り詰めていく」という啄木詩歌における創作の秘密も解明されていくように思われる。

誌面の制約により他の章の内容紹介には意を尽くせないが、本書では別章において啄木が直面した「時代閉塞」の現状が詳細に論述されている。それは具体的には「大逆事件」「日韓併合」「辛亥革命」等を指すが、その叙述の先にある著者の執筆意図は明確である。それは「二〇一一年に起きた三・一一の衝撃からの精神的な立ち直りや復興を啄木の作品から探る」ことであり、その深謀遠慮に想いを馳せるなら、本書は「啄木の伝道師」池田氏による、時代の要請に応じた「警告の書」という意義も有することになると思われる。

池田功著『啄木　新しき明日の考察』（新日本出版社・平成24年3月）
（『国際啄木学会研究年報』第17号・書評・平成25年3月）に掲載

アラカルト⑨

【書評】小菅麻起子著『初期寺山修司研究』

寺山修司ファンの心を虜にした話題の本が数年前に刊行された。それは、九條今日子（監修）小菅麻起子（編著）の『寺山修司青春書簡―恩師・中野トクへの75通―』（二玄社）というビジュアル版書簡集である。その本では修司のユニークな筆跡とイラストに誰もが魅了され、同時に小菅氏による濃やかな解説にも堪能させられたものである。

本書は、その小菅氏による時宜を得た待望の修司論攷であり、前半部はデビュー作「チェホフ祭」とその前後（第一～六章）、後半部は第一歌集『空には本』の基礎的研究（第七～十章）の二部構成になっている。著者独自の考察視点を覗いてみるなら、まず前半部では、啄木歌の本歌取りとして有名な「ふるさとの訛りなくせし友といてモカ珈琲はかくまでにがし」の歌。修司は「昭和の啄木」と呼ばれているが、この歌のテーマを著者は、「ふるさとの訛りなくせし」ことを余儀なくされた「故郷喪失」の痛みと捉え、啄木歌との異質性を指摘する。そして同時に、修司による啄木論の変遷を詳細に分析し、〈啄木〉との出会いと別れの特質を鮮やかに論証している。このテーマに関連する考察は、啄木研究者でもある小菅氏の独壇場である。

次に後半部では、修司の代表歌「マッチ擦るつかのま海に霧ふかし身捨つるほどの祖国はありや」の歌。この歌は〈雑誌・作品集・歌集〉において配列意識が異なるが、その変容の過程で「祖国喪失」のテーマに収斂していくことを緻密なデータ分析によって解明している。前著と共に著者の愛着と執念に溢れる好著であり、続刊を待望したい。

小菅麻起子著『初期寺山修司研究』（翰林書房・平成25年3月）

（『赤旗』書評・平成25年6月9日号）に掲載

【書評】近藤典彦編『一握の砂』『悲しき玩具』

『一握の砂』

本書近藤典彦編『一握の砂』の帯には「渾身の啄木研究百年の集大成」と銘打ってある。その文言の通り、このテキストの誕生は『一握の砂』研究史にとって正に快挙であると思われる。その最大の特色は、明治四三年一二月一日に発行された東雲堂書店による初版『一握の砂』に準拠していることである。

啄木はその東雲堂初版『一握の砂』の編集に「一頁二首、見開き四首」という四首単位の割付を導入して精緻を極めた「仕掛け」を試みていた。その「仕掛け」に初めて気付き、啄木からのメッセージを解明したのが近藤氏である。評者は、その感動を以前、次のように評したことがある。

近藤典彦「東雲堂版『一握の砂』からのメッセージ　―一九一〇年一二月発二〇〇〇年一月着―」(「東京支部会報」第八号)における「切断の歌」という斬新な理論は、啄木の編集意識に関する従来の「定説」を根底から覆した。それは、啄木が直接編集した東雲堂版『一握の砂』を詳細に検討しないと読み取ることの不可能なメッセージを鮮やかな論法で解読したものである。余りにも斬新な発想であったため、「天動説」を信じていた者が、初めて「地動説」を知らされた時のような驚きを与えられたという強烈な印象がある。

ところで、その近藤説の発想を支えるのは東雲堂版『一握の砂』の一頁二首、見開き四首の版面構成である。すなわち近藤氏は「四首単位」の配列に着目することにより、『一握の砂』が刊行された明治四十三年以来、実に百年の時を経て、『一握の砂』における啄木の繊細な編集意識を「発見」したことになる。その意味で、近藤説は『一握の砂』研究に歴史的な転換をもたらしたことになる。実際、初版である東雲堂版『一握の砂』全五章の配列意識を「四首単位」を基本として考察するなら、従来の研究では辿り着けなかった啄木の繊細な編集意識が随所に解明されることになる。

右は一五年も前に記した引用文であるが、そこに記した通り近藤氏による「切断の歌」の理論は、その後の『一握の砂』研究史を劇的に転換した。例えば、これまで登場人物の認定に諸説があり解明は困難と思われていた歌々の一部も、「切断の歌」という明確な論拠により登場人物名が確定したり、歌群における構成上の配列意図が明確になったりしたこと等、『一握の砂』研究における成果は多大である。

ところで、その近藤氏の「切断の歌」の理論は、平成一二年一月、国際啄木学会東京支部会において初めて発表されたものである。「切断の歌」は『一握の砂』研究史上における「大発見」であるが、実は同日の夜に、評者も近藤説に導かれながら偶然に「小発見」をしている。それは、「切断の歌」の発表に感動し、その余韻に浸り徹夜しながらの検証中、『一握の砂』各章の末尾歌が全て右頁一首目に配置されているという法則を「発見」したことである。この発想を起点として評者の拙論(「『真一挽歌』八首の形成」、及び「『忘れがたき人人 二』の形成 ―歌数「二二首」の意味―」等)が報告できたことを考えるなら、「切断の歌」理論の反響は『一握の砂』研究史上でも(評者にとっては)最大のインパクトであった。

本テキストの利用者は、その近藤氏の「切断の歌」理論を通し、啄木自身が精緻を極めた「四首単位」の頁割付をそのまま理解することが百年ぶりに可能になった。今後は『一握の砂』の表現世界を、百年前に啄木が意図したイメージに忠実に鑑賞できることを、多くの啄木愛好者と共に喜びたい。

〔改訂版の意義〕

改定前の朝日文庫版『一握の砂』には歌番号も索引も付いていなかった。それは近藤氏が『一握の砂』の初版（東雲堂版・明治四三年）に忠実にという方針から熟慮の上、歌番号を付さなかったという経緯がある。しかし本書（桜出版・改訂版）では、利用者の便に配慮して歌番号と索引が付してあり、更に脚注の充実も本書の特長となっていて、広範な読者に親しまれる理想的なテキストになっている。

〈問題点と要望〉

文庫版では頁の制約があるかも知れないが、再改訂の折には、脚注に「初出」を明記することを要望したい。『一握の砂』においては最近まで「雑誌掲載歌」と「歌集歌」との推敲の前後が検証されていなかった。しかし評者（大室）が明治四三年一一月号・一二月号も含めて、「雑誌掲載歌」↓「歌集歌」の推敲であることをすでに論証したので、各歌の脚注に例えば〈初出「スバル」（明治43・11）〉と記すだけで、啄木の短歌史にも配慮した更に完璧なテキストになると思うからである。

『悲しき玩具』　一握の砂以後（四十三年十一月末より）

『一握の砂』に続き本書近藤典彦編『悲しき玩具』の帯にも、「渾身の啄木研究百年の集大成テキスト」と銘打ってある。両書に共通する編集方針は一貫していて、啄木の意図した表現意識を忠実に復元することにあると思われる。そのため『一握の砂』では、東雲堂版初版における「四首単位」の頁配置を百年の時を超えて復元した。一方『悲しき玩具』では、土岐哀果編集による東雲堂版『悲しき玩具』を修正し、啄木の遺稿「一握の砂以後」を基本資料として、生前の啄木が到達した本来の「歌集」を「完成」させるという編集方針になっている。具体的には冒頭の「白鳥の歌」二首を末尾に配置したこと、土岐哀果による「ルビ・漢字・句読点」を啄木本来の用法に戻すこと等が主な特色になる。

この全く新しい編集方針のテキストの登場により、我々は、従来の『悲しき玩具』とは全く異なる、啄木からの「真のメッセージ」に魅了されることになると思われる。

〔改訂版の意義〕

本書の改訂前は『復元　啄木新歌集』であるが、改訂版では書名も『悲しき玩具』となっていて新たに歌索引も追加されるなど、改訂により利便性は格段に向上したと思われる。又、両書は改訂によって、そのテキストの特色が大幅に異なっていることに気付く。本書の特色を理解するためには、その差異に着目する必要がある。そして同時に、独特な近藤理論についても「改訂」作業による変容も視野に含めての分析が必要になると思われる。

さて、啄木の遺稿「一握の砂以後」は従来「歌稿ノート」と呼ばれてきたが、それに対して近藤氏は「ノート歌集」と呼称する新説を提唱している。「一握の砂以後」を「歌稿」とみるか「歌集」とみるかは、実は「雑誌掲載歌」と「ノート」との推敲関係をどのように把握するかに起因していることになる。そこで近藤説を紹介する意味で、これまでの「一握の砂以後」論を整理してみるなら、次の(A)(B)(C)のように分類されると思われる。

(A)「歌稿ノート」説↓今井泰子氏・藤沢全氏など従来の説
(B)「ノート歌集」説↓近藤典彦氏の新説
(C)「ノート歌集」（第一段階）
　　＋「歌稿ノート」（第二〜五段階）↓大室説

右の近藤説(B)では、「ノート」の全歌（第一〜五段階）を全て「歌集」とみる点に特色がある。それに対して大室説(C)は、第一段階のみ近藤説と同じ「ノート歌集」とみるが、第二〜五段階は従来の(A)説と同じ「歌稿ノート」と想定する立場になる。つまり第二〜五段階の歌群に関する限り、近藤説と大室説は正反対の想定ということになり、その対立点は「雑誌掲載歌」と「ノート」との推敲関係の把握に起因しているということになる。因みに大室説(C)では、第一段階の歌群においては「雑誌掲載歌」↓「ノート」の推敲とし、第二〜五段階の歌群においては逆に「ノート」

↓「雑誌掲載歌」の推敲と想定する立場である（但し、第三段階だけは「精神修養」↓「ノート」↓「新日本」という推敲と思われる）。この推敲における前後関係の考察で重要なのは、啄木の表現意識の「到達点」がどちらにあるかということである。そしてそれは単に歌句の異同だけでなく、歌群における配列構成意識の問題も含まれることになるからである。その意味で評者は、正直のところ（改訂前の）近藤説に多少の疑問を感じていた。

しかし、近藤典彦編『悲しき玩具』改訂版の登場によって、その疑問は払拭された。何故なら、論争の焦点であった第二段階以後の歌々についても「ノート」でなく「雑誌掲載歌」が啄木の表現意識の「到達点」であることを示し、それを『悲しき玩具』の本文歌として定位した新たな編集がなされているからである。この近藤氏による改訂作業により、『悲しき玩具』は百年の時を超えて初めて啄木本来の歌集として完成したことになると思われる。

〔問題点と要望〕

本書は、（病状悪化のために果たせなかった）啄木の思い描いた表現意識に忠実に編集することを主眼としている。その立場からするなら、啄木の編集意識が端的に表れている遺稿「一握の砂以後」における「中点」の色区分は不可欠の要素だと思われる。そこで、再改訂の折には、脚注に「黒の中点」「朱の中点」「青の中点」の記入を追記することを要望したい。中点の色区分を示すだけで、関心を抱いた熱心な読者は、啄木歌における推敲の前後を認識することになると思われるからである。

また本書では、冒頭の「白鳥の歌」二首を末尾に配置したために、従来の歌番号とズレが生じてしまっている。改訂前のように「一握の砂以後」を底本にすることを前提にした編集方針なら問題はないが、改訂版では書名を『悲しき玩具』と改めたので、混乱を避けるため歌番号は従来の『悲しき玩具』と同一にして欲しかったと、（一啄木愛読者の立場から）再改訂の折への要望としておきたい。

いずれにしても今後の啄木短歌の鑑賞と研究は、啄木の遺志を引き継いだ近藤典彦編『一握の砂』『悲しき玩具』（桜出版）と共に歩み続けることになると確信している。

近藤典彦編『一握の砂』『悲しき玩具』（桜出版・平成29年10・11月）

（『国際啄木学会研究年報』第21号・書評・平成30年3月）に掲載

第四章

前著『一握の砂』『悲しき玩具』——編集による表現——

エトセトラ①

序（『一握の砂』『悲しき玩具』・形成論の現在）

※拙著『『一握の砂』『悲しき玩具』―編集による表現―』（おうふう）は、研究者に向けた緻密な論証に終始してしまった悔いがある。それは両歌集と諸雑誌掲載歌とにおける「推敲」の前後について従来の「定説」を覆す仮説を提示する必要があったためであり、一般の啄木ファンの皆様に真意が伝わるか否か、実は不安であった。そこで、拙著の「序」には本全体のエッセンスを、老若男女すべての方が一読して理解できる工夫を試みたつもりである。ここでは、その「序」を再掲載しておきたい。

『一握の砂』、及び『悲しき玩具』は魅力溢れる歌集である。その魅力の源泉は、刊行後百年以上を経過した現在においてなお、多くの読者に与え続ける「共感」の深さにあると思われる。例えばふるさとを懐かしむ歌にしても、又は初恋や青春回顧の歌にしても、或いは流離の旅の思い出の一齣にしても、我々は（啄木の人生に）自分の人生を重ね合わせながら感傷の世界に導かれるのが常である。ここで「共感」という語を用いたが、この語句は私には特別の意味がある。それは啄木に関するデビュー論文「啄木短歌の形成(1)――『一握の砂』の音数律について――」の冒頭で、私は今から二十年程前に次のように記しているからである。

「啄木短歌の形成」と題して、啄木の短歌における音数律、推敲意識、数表記、擬声語、用字用語、類歌、古典摂取、歌の配列などの諸問題に対しての、基礎的なデータ整理と、諸説の整理検討を順次試みたいと思う。〈中略〉

ところで、啄木の短歌は平易で理解しやすく、誰にでも「共感」し得る歌として定評がある。稿者自身も折に触れて啄木の短歌を詠み、いつしか啄木の歌と自分の人生とが交差する印象を強く感じることもある。しかもどうやら、啄木の歌におけるその一種独特の雰囲気は啄木愛好家に共通する現象であると思われる。しかし、「共感」というその魔物を取払わない限り、見えてこない世界が啄木の歌にはあることも厳然たる事実である。本稿ではその点に留意し、印象批評の陥りやすい「錯覚」を排除する立場から、ある意味で必要以上に客観的なデータに固執し、具体的な分析のみを提示するに止めた。その基本方針を貫くために、該当する歌なども煩を厭わず用例のすべてを一覧して表に示すことにした。

（本書第Ⅰ部・第五章）

右の引用文は、啄木研究に向けての基本的な心構えを述べたものである。今読み返してみると、若さゆえの暴走的な記述に多少の羞恥心も感じているが、デビュー当時の情熱の深さだけは表明されていると自負している。問題は、この挑発的な「宣言」が何故に必要とされたのか、ということになる。その理由の一端をここに示して、啄木に関する第一冊目の著書の序としたい。

さて、当時から啄木論には活況があった。例えば佐藤勝『石川啄木文献書誌集大成』（武蔵野書房）によれば、平成九年一年間の啄木文献だけでも約230件、論文数にすると凡そ360本もの報告がなされている計算になる。その夥しい程の研究成果の中に身をおいて、どうしても承服できない疑問を私は抱いていた。その疑問点の一つが、啄木短歌の推敲における前後関係認定の問題である。具体的には岩城之徳『石川啄木伝』の次の記述の解釈の問題になる。

啄木の処女歌集『一握の砂』が世に出たのは、明治四十三年十二月一日、西村辰五郎の経営する東雲堂からであった。処女歌集といってもこの歌集に収められた作品は、明治四十一年六月下旬より四十三年十月末までに詠まれた約一千余首の歌の中から、五百五十一首を抜いたもので、いわば彼の文学生活の後期の作品に属するものである。

右の岩城の指摘によれば、『一握の砂』の編集完了時期は「明治四十三年十月末」ということになる。当時の啄木研究者の多くはこの指摘に従い、『一握の砂』よりも明治四十三年十二月号、及び十一月号の雑誌掲載歌の方が推敲後の表現と想定していたことになる。大室は逆に、(明治四十三年十二月号、及び十一月号の雑誌掲載歌も含めて)すべての雑誌掲載歌等は推敲を経て『一握の砂』に入集し完成していくという立場から論文を発表し続けていた。『一握の砂』五百五十一首のうち、明治四十三年十二月号、及び十一月号の雑誌掲載歌を初出とする歌数は実に百四十四首もあるので、その歌の推敲の前後関係を逆転させるという大室説は、余りにも「定説」から外れていたため(当時は)評価してもらえなかったのが現状であり、啄木短歌の最も基本的な常識を外しているとの理由から「無意味な論文」であると酷評されたりもしたほどである。しかし、この推敲に関わるテーマは啄木の短歌史に関わる重要な問題であることを確信していたため、苦しみながらも孤軍奮闘の論争を七年間も繰り広げることになってしまった。

ところが、平成十六年の二月、近藤典彦著『『一握の砂』の研究』(おうふう)が刊行され、長年に亙る論争に終止符が打たれることになった。何故なら、長年の論争相手でもあった近藤氏がその著書の中で、大室の仮説に対し全面支持の立場から論証を展開してくれたからである。近藤説は具体的には、『一握の砂』最終編集の時期を大幅に引き下げ、それに伴い推敲の前後も逆転することになるという想定である。昨日の論敵は今日の友、最も強力な援軍を得た私は、以後『一握の砂』における「推敲」に関連する諸テーマの考察に集中することになった。本書に収めた当時の論考の殆どはその時期の執筆であり、結果的に本書は論争による成果ということにもなる。

（正直に申し上げると、長い論争の途次においても、拙論を活字化する前には必ず近藤氏に助言を戴いていて、中には赤ペンでびっしりと添削指導を受けた論文も存在するなど、実際には「論敵」というより「師弟関係」の趣が深いのが実情であるのだが……。）

ところで、本書のテーマは「編集による表現」と銘打った。『一握の砂』の研究は余りにも細分化されているため、特定のテーマに限定することが読者のため不可欠と判断したためである。その結果、このテーマに相応しい論考だけを選び、以下のように配列してみた。

第一章「序文の形成」では、『一握の砂』の二つの序文（「啄木自序」と「椋十序文」）について考察した。管見の及ぶ限り、このテーマには先行研究は殆ど存在しないので、意識的に大胆な問題提起を試みた。序文の「謎」解明に向けての考察は今後の重要課題なので、検証のための反論を切望している。

第二章「〈つなぎ歌〉の形成」では、『一握の砂』における啄木の鮮やかな配列構成の秘密の一端を解明することを意図した。〈つなぎ歌〉の命名は大室の発案によるが、これは万葉集の研究者である伊藤博氏による「つなぎ」という編集理論を、啄木の編集意識の特質に重ね合わせたものである。特定の歌群において、元歌があればその元歌を別歌に改作して配列構成を完成させ、元歌がなければ「歌集初出歌」を新たに創作して配列構成を完成させるという、啄木独自の編集手法ということになる。『一握の砂』では、歌群の配列構成を完成させるために様々な手法を駆使しているが、今後は〈つなぎ歌〉という術語にも着目して戴きたい。

第三章「わすれがたき人人　二」の形成は、近藤典彦「切断の歌」の発想にヒントを得て着想した論考である。「切断の歌」の理論は、平成十二年一月、国際啄木学会東京支部の研究会において初めて発表されたものである。その内容は、啄木が直接編集した東雲堂版『一握の砂』を詳細に検討しないと読み取ることとの不可能なメッセージを鮮やかな論法で解読したものである。余りにも斬新な発想であったため、「天動説」を信じていた者が、初めて「地動説」を知らされた時のような驚きを与えられたという強烈な印象がある。「切断の歌」の理論を初めて聞いた日、徹夜しながら『一握の砂』の頁配置を確認し、各章の末尾歌が例外なく右頁一首目に配置されていることを「発見」した感動は今でも鮮明に記憶している。つまり、各章における歌数の認定は頁配置に制約を受けるという「発見」である。その「発見」の成果の一部が、「忘れがたき人人　二」の「歌数『22首』の意味」に結実したことになる。

第四章「真一挽歌」の形成は、『一握の砂』編集の最終過程にも複雑に関連する内容である。『一握の砂』の発行日（奥付）は明治四十三年十二月一日であるが、実は初出の「スバル」も「精神修養」も発行日は同日（十二月一日）になっていて、従来、推敲の前後については全く考察されてこなかったのが現状である。しかし本書での考察により、「真一挽歌」の歌々は「精神修養」→「スバル」→『一握の砂』の順に発想され、順次推敲されたことは少なくても論証されたように思う。すると、明治四十三年十一月号の諸雑誌だけでなく、十二月号の諸雑誌においても、「諸雑誌」→『一握の砂』という推敲（発想）の前後が確定することになる。この推敲の前後を踏まえた時に、我々は初めて『一握の砂』から『悲しき玩具』への短歌変容の道筋を考察できることになると思われる。

第五章「音数律と推敲の法則」では、啄木に関するデビュー論文「『一握の砂』の音数律」（平成九年）と、「編集による表現」のテーマに関連する最新の論文「『一握の砂』推敲の法則」（平成二十四年）

を収めた。二つの論は十五年の歳月を隔てているが、両論の主張は一貫していて互いに補完し合う関係になっている。但し、推敲関係を証明するための論拠が同一であるため、全体的に引用の重複が避けられない個所が続出してしまった点はご寛容願いたい。

ところで、推敲の前後というテーマに限定するなら、むしろ『一握の砂』よりも『悲しき玩具』の方が謎に満ちている印象がある。何故なら、『悲しき玩具』の元資料である啄木の遺稿「一握の砂以後（四十三年十一月末より）」においては、藤沢全著『啄木哀果とその時代』（桜楓社・昭和五十八年）の指摘以来、形成の経緯が殆ど解明されていないのが現状だからである。そこで本書の第Ⅱ部では、その藤沢説の検証から開始した。

さて、藤沢説の詳細な分析によれば、「一握の砂以後（四十三年十一月末より）」のノートの記入状況は、以下の五段階と想定されている。

「第一段階」の歌群（3〜68番歌）
「第二段階」の歌群（69〜114番歌）
「第三段階」の歌群（115〜130番歌）
「第四段階」の歌群（131〜177番歌）
「第五段階」の歌群（178〜194番歌）

右の五段階の歌群における「諸雑誌等の掲載歌」と「ノート」との推敲関係を精緻に調査したところ、第一段階の歌群においては「諸雑誌等の掲載歌」→「ノート」という推敲の流れが確認された。しかもそこには『一握の砂』と同じ「四首単位」の版面構成の編集手法も認められることが判明した。この点に着目した近藤典彦は『復元　啄木新歌集』（桜出版・平成二十四年）の解説において、従来「歌稿ノート」と呼称していた「一握の砂以後（四十三年十一月末より）」は「ノート歌集」と改めるべきことを次のように説明している。

ところで、編集者土岐哀果が『悲しき玩具』の底本とした、ノート形式の歌集（以下ノート歌集と呼ぶ）「一握の砂以後」は従来「歌稿（＝短歌の下書き）ノート」と呼ばれてきた。しかし下書きの歌（歌稿）を集めたノートではなく、手許の歌稿を推敲して一往の決定稿とし、見開き四首ずつ編集したノート形式の歌集なのである。（ノートの見開き右側は全ページ空白で、後日の最終編集のために設けたものと思われる。）

（近藤典彦編『復元　啄木新歌集』解説210頁）

この指摘は、「編集による表現」の特色を考察する本書に多大な影響を与えることになった。そのため、本書に収めた論考について、従来「歌稿ノート」と表記していた部分を「ノート歌集」と修正した個所もある。但し、「一握の砂以後（四十三年十一月末より）」のノートは複雑な形成過程を経ているため、第二段階以後の歌群においては別の想定も実は可能である。例えば、第二段階の歌群に対して、稿者は以下のような拙論を報告したことがある。

右に記した第二段階の歌群における分析結果報告の通り、「一握の砂以後」の記入状況は各段階別にかなり異なっていると思われる。稿者の推定によれば第一段階、及び第三段階の前半部は諸雑誌等に掲載された後に推敲し、配列構成も完成させた上でノートに記入されていることになり、他の第二・四・五段階の歌群は逆に「一握の砂以後」は諸雑誌掲載歌よりも推敲前の姿ということになる。すると前者は近藤説でいう「ノート歌集」の性格を有し、後者は従来の呼称に相応しい「歌稿ノート」としての特色ということになる。（本書第Ⅱ部第一章）

さて以上のように、本書の第Ⅱ部「『悲しき玩具』――編集による表現――」の考察は、藤沢説と近藤説を踏まえながら展開することになる。第一章「『悲しき玩具』の形成」では、藤沢説における五段階の歌群を、全ての歌を掲載しながら比較分析し、第二章「ノート歌集『一握の砂以後』

の中点」では、ノートに付されている黒色・朱色・青色の中点の意味を独自の視点から解読しようと試みた。第三章の「音数律と推敲の法則」では、『一握の砂』から『悲しき玩具』への変容をデータで示し、啄木の短歌史の特質を考察しようと試みた。『一握の砂』も『悲しき玩具』も推敲の前後に関わる研究が殆ど進展していない現状のため、この拙い書が、啄木の新たな短歌史を切り開く論争の導火線となることを切望している。

なお、「編集による表現」のテーマで『一握の砂』『悲しき玩具』の研究書を刊行するには、項目が余りにも不充分であることは自覚している。実は各章に及ぶ書き下ろしの論考を追加する予定を立てていたのだが、生まれて初めての手術（二度の心臓手術）のため断念した経緯がある。続冊において念願を果たしたいと考えている。

平成二十八年六月二十日（『悲しき玩具』発行日に記す）　大室　精一

エトセトラ②　〔待望の必読書〜三点からその理由を語らん〜〕　望月善次氏の書評

待ちに待った大室氏の標題書が出版された。啄木研究における必読書である理由、三つを述べ、この出版を喜びたい。

第一は、明らかにされた論点の重要さである。

章構成に沿って示しても、『一握の砂』（第Ⅰ部）についての「序文（啄木自序、椋十序文）」、「〈つなぎ歌〉」（第二章）、「『忘れがたき人人　二』の形成」（第三章）、「『真一挽歌』の形成」（第四章）、「音数律と推敲の法則」（第五章）、『悲しき玩具』（第Ⅱ部）の「『悲しき玩具』の形成」（第一章）、「ノート歌集『一握の砂以後』の中点」（第二章）、「音数律と推敲の法則」（第三章）は、いずれも今後の『一握の砂』、『悲しき玩具』研究に必読のものである。

これらの論考は、初出年月からすると平成九年三月から平成二十五年三月に渡るものであり、『佐野国際情報短期大学研究紀要』、『佐野短期大学研究紀要』等に発表され、本学会においても所論の重要さについては、知られているものでもあり、一書となることが多くの人から待望されていたものである。

何と言っても、その重要な考察がこうして纏まった形となったことを第一に喜びたい。

第二は、副題「編集による表現」の持つ意味である。啄木研究書の表題（副題）に「編集」の意味が掲げられた意味は極めて重い。

啄木作品における「編集」の重要さについての指摘は、全くなされなかった訳ではない。本書でも取りあげられている藤沢全『啄木哀果とその時代』（桜楓社、昭和58）もその実質は「編集論」であるし、今井泰子の『一握の砂』に関する「通読すれば気分の流れが波となって読みとれるように編集され、一首一首は、その内容・主題・イメージによって、鎖がつながるように配列されている。今井泰子注釈『日本近代文学大系　第23巻　石川啄木集』（角川書店、一九六九）の指摘も重要なものであろう。

また、評者などにも、啄木の「編集意識」の重要さを指摘した次などがある。

望月善次「啄木の歌集構成意識～作品配列の場合～」、『閑天地』№4（盛岡啄木会、一九九〇年四月）pp.3-5

望月善次「（啄木短歌の本質）編集性」、『啄木短歌の読み方～歌集外短歌　評釈一千首とともに～』（信山社、二〇〇四年）pp.25-31

しかし、本書に比べれば、評者の指摘など、本質性、具体性、全体性において問題にならず、「理念的」なものだとも言えよう。

また、こうした、本書の「編集」に関する本質性、具体性、全体性は、啄木研究の吟味へも向かうものとなろう。

（以下述べる、「作者・作品・読者の三分法」は、或る意味では、その古さの指摘から免れ得ないところもあるが）、「編集」を特記することは、「作者・作品・読者」の三分法からすれば「作者論」に近い「伝記的方法」が主流をなして来た啄木研究に「作品論」的な解明がなされたのである。国際啄木学会を創設し、牽引してくださった岩城之徳初代会長は、「伝記的研究」の権化といっても良い方で、「伝記的方法」の可能性の極北にまで達しておられた。このこともあり、本学会の潮流として、「研究方法の吟味」というテーマに向かうことはなく、近縁分野では差し迫ったテーマであったこの課題と直面することなく、数十年が経過したのである。ちなみに、評者の立場は次の様な「新折衷主義」にある。

文学は、人間としての人間の言葉による芸術表現である、その概念からわかるように、あらゆる豊かさと深さと複雑さを具えているので、文学批評はその経験に到達するため、多様な方法の混合したものになる必要がある。このためには、折衷主義的でなければならない。あまりに単純な概念では、人間のあらゆる面を包含できないのとまったく同じように、文学作品を読むのに一つの方法だけでは、作品中にあらゆる要素をとらえることはできないからである。

第三は、本書が「論争」の中から誕生している意味である。近藤典彦氏との緊張・論争の中から生み出された意味もまた、少なくない。啄木研究においても、啄木の晩年の思想を巡っての「金田一京助VS岩城之徳論争」等が知られているが、近年の本学会においては、「論争」から新しい展開が見られることが少なくなっている。大室・近藤の「友情」の証でもある本書は、こうした面でも学会の現状に一石を投ずるものであろう。

今回は、三点からの考察に止まっているが、この待望の書の発刊を多くの方と喜び合いたい。

『国際啄木学会　研究年報』第20号（平成29年3月発行）

エトセトラ③

〔独自視点で謎ときに迫る〕

澤田勝雄氏の紹介

(11)　2017年6月18日(日曜日)

読書

本と人と

『「一握の砂」「悲しき玩具」編集による表現』

大室精一さん

石川啄木には二つの歌集があります。一つは処女歌集『一握の砂』、もう一つは遺稿集の『悲しき玩具』。著者は、この両歌集にある「編集の謎」に独自の視点からの解明を試みています。

独自視点で謎ときに迫る

例えば、啄木情景歌として『一握の砂』(1910年12月刊行)の名歌「春の雪/銀座の裏の三階の煉瓦造に/やはらかに降る」の場合、その美しい情景表現は実景ではなく「編集による表現」の末に誕生した世界と結論づけます。この歌の初出歌は、「春の雪滝山町の三階の煉瓦造によこさまに降る」(10年5月16日号「東京朝日新聞」)という表現です。

「初出の歌は『横なぐりの雪』の景ですが、『一握の砂』はそれを柔らかな『牡丹雪』の景に改変して、歌集の配列構成を完成させたと考えました。単なる推敲ではなく別の歌への改作です。その編集の特色を、私は啄木独自の〈つなぎ歌〉の手法と名づけました」

長男真一の歌群では「誕生歌」を「挽歌」に改作しての「真一挽歌」8首を形成させたことなど、従来の啄木研究では、謎に包まれていた分野への意欲的な論考にあふれています。

「万葉集」を専門としますが、「学生時代に師の岩城之徳さん(日大名誉教授)から、『君は啄木にそっくりさんだね』と言われて、啄木に魅かれるようになった」と振り返ります。来年には『クイズで楽しむ啄木』の刊行を準備しています。

(澤田勝雄)

(おうふう・6800円)

山形将史撮影

51年生まれ。国際啄木学会副会長。佐野日本大学短期大学勤務

赤旗(平成29年6月18日号)

エトセトラ④

〔砂金ではなく金鉱石の書〕

近藤典彦氏の書評

※近藤典彦氏には『一握の砂』『悲しき玩具』の両歌集について緻密な書評を記して戴き感謝しています。但し、この項目では『一握の砂』だけを掲載し『悲しき玩具』は割愛致しました。その理由の一つは、本章の「エトセトラ・プラスワン」〔温かい激励の「書評」に感謝〕において、近藤氏の指摘内容を詳細に説明してあるからです。

もう一つの理由は、『悲しき玩具』の歌々における推敲の前後関係の推定が、「近藤説」と「大室説」では正反対であり、その反論に力点が置かれた記述になっているのですが、新たに刊行された近藤典彦編『悲しき玩具』(桜出版)においては、その推敲の基準が「大室説」に準拠されているため割愛すべきと判断しました。ご了承願います。

四百ページを超える大著である。これを全体的に評するのは困難である。さらに大室氏の論考にはある特徴がある。卓見が随所に金のように光っているのだが、論文中に引用しようとすると、一つの困難にぶつかる。引用したい文章(卓見)の中に、必ずと言っていいほど、ここには賛同できないという箇所が混在しているのだ。その箇所についてコメントしないと引用できない、どうコメントするか。そんなことを考えていると低品質のわが頭脳はショートしはじめる。そして引用はあきらめて、小論が氏の「論考から刺激と示唆とを受けてなったことを」記すにとどめてしまう（小著『『一握の砂』の研究』二三五、二四二ページのように）。

たとえて言えば砂金ではなく、金鉱石のようなのだ。目の前の砂金はだれでも採取できるが、たくさんの金鉱石があっても、金を取り出すには、技術がいる。氏の論考も同様である。

このたびの大著にしても、同様の困難がある。

【『一握の砂』研究において大室氏が切り拓いたもの】

「第Ⅰ部第一章第一節「啄木自序の謎」において大室氏は括目すべき問題を提起した。『石川啄木全集』第七巻（筑摩書房、一九七九年）三一二ページにある差出し月日不詳の西村辰五郎宛啄木書簡にある「それから序文及び本文終りの方……」の「序文」とは、藪野椋十の『一握の砂』序文ではなく、啄木の「献辞」「小引」を指すのではないか、と。

啄木のいう「序文」は結局「小引」は含まず、「献辞」だけを指すのであるが、大室氏の提起は『一握の砂』の成立をめぐって従来闇に沈んでいた真実にまぶしいほどの光を当てることになった。

以下にわたくしが本書（というよりはその元となった氏の諸論考）からいただいた金の幾分かを並べたい。

大室氏の前掲論考は『一握の砂』成立の最終過程（明治四三年一一月の一ヶ月間）を見せてくれた（四一、四二ページ）。わたくしもこれに多大の示唆をえて、『『一握の砂』の研究』二四一ページのような表「『一握の砂』編集・推敲・刊行の最終過程（日付はすべて推定）」を作成した。これによって、『一握の砂』の編集も推敲も校正も一一月二〇日頃までなされており、出版の準備万端が整ったのは一一月二〇日過ぎであろうとの推定が可能となった（大筋で大室氏の結論と同じになった）。

そうなるとこんなことも見えてきた。

ご存知の方もあろうかと思うが斎藤三郎編集の、石川啄木作『啄木歌集』（岩波文庫、第1冊、一九四六年）の第20冊（一九五七年）以後の版はちょっと異色だった。

斎藤三郎は次のような編集方針をとった。

『一握の砂』発行後、著者自身がその中の一部に推敲を加えて雑誌『スバル』と『学生』に寄稿したものがあるので、今回の改版を機会にそれを採用した。詩集『あこがれ』や晩年の長詩『呼子と口笛』一聯の作品が、発表後著者自ら加筆したものを底本としている以上、この場合もそれが当然と考え、最終推敲のものを採ることとした。

この方針に基づいて、斎藤はたとえば次のような「修正」を加えた。

不来方のお城のあとの草に臥て　（「学生」明治44年1月号による修正）
空に吸はれし
十五のこころ　（「スバル」明治43年11月号は「寝て」）

放たれし女のごときかなしみを
弱き男も
この日今知る　（「スバル」明治43年12月号による修正）

学校の図書庫の裏の秋の草
黄なる花咲きき
今も名知らず　（「学生」明治44年1月号による修正）

茨島の松のなみ木の街道を

我と行きし少女
やすく暮らせり　（「学生」明治44年6月号による修正）

東雲堂版『一握の砂』の歌にたいするこうした「修正」は一四首一八箇所になされている。

わたくしは長い間困惑してきた。たしかに「修正」に用いた雑誌の歌の送稿は『一握の砂』の歌々の送稿よりも後のはずなのである。となれば斎藤の言うことに反論することはむずかしい。しかし啄木の推敲は悪くはならず必ずよくなる、というのが定評である。だが「修正」後の歌はかえって悪くなっていないか。悪くなっていないかもしれないと思うのは「不来方」の歌だけである。茨木のり子さんは名著『詩のこころを読む』（岩波ジュニア新書）で、こちらの歌を引いている。岩波の本だからそうしたのだと思うが、このこともわたくしの迷いの芯に残りつづけた。岩波文庫では一九九三年に久保田正文の編集で『新編啄木歌集』を出し、東雲堂版にもどした。

その後わたくし自身の研究を通じて、『一握の砂』の完成度が空前絶後のものであることが分かってきたので、斎藤の「修正」はあってはならないことだと確信した。しかし斎藤の提起した問題（雑誌原稿が最終推敲）にわたくしが解答できないことに変わりは無かった。

大室氏の研究がはじめて問題解決の道を切り開いた。

啄木の歌は一一月二〇日頃まで推敲され続けたのである。「スバル」一一月号・一二月号の歌々の送稿後も『一握の砂』の歌々は推敲され、文字通りの決定稿となったのである。

残る問題は「学生」の明治四四年一・二・三・六月号の「修正」歌である。こちらの問題は次のように考えることで解決した。

これらの歌の送稿は『一握の砂』出版後のことであるから、『一握の砂』の形はすでに定まったのであって、改変はだれにもゆるされないのである。しかも「学生」という雑誌の性格上、「一握の砂以後」の歌ではなく、『一握の砂』の（おそらくはその歌稿の）中から若い人向けの歌を選び、一行書きで啄木は寄稿したのである。その際「お城のあとの草に臥て」や「やすく暮らせり」となっているのは、歌稿のまま（あるいは送稿の際の軽い手直し）に過ぎず、啄木が『一握の砂』当該歌をこのように推敲したなどと見なすべきものではない。「スバル」の場合と違って「学生」の編集者の校正は雑で、しかも啄木は原稿にルビを入れなかったらしい。たとえば「学生」明治四四年三月号では「解剖（かいばう）せし蚯蚓（みゝず）のいのちかなしかりかの校庭の木柵のした」とあるが、これは明らかに編集者の力量不足によるルビ・「かいばう」であり、「木柵のした」であろう。「学生」に見られる「修正」は啄木の推敲の結果ではありえない（特にルビがひどい）。

しかし斎藤は「解剖（かいばう）せし」の歌を三行歌に仕立てて、『一握の砂』の歌を「修正」した。

結論。斎藤が二誌によって「修正」した歌々は「最終推敲のもの」ではなかった。一九五〇年代〜八〇年代の啄木研究の水準では、斎藤の見解も存在意義を有した。しかも「学生」による「修正」に対して石川正雄が『定本石川啄木全歌集』(河出書房新社、一九六四年)の「解説」で正鵠を得た批判をすでにしている。しかし「スバル」との先後関係は誰も説明できなかったのである。大室氏前掲論考のおかげで、積年の疑問は基本的にはすべて解けたのである。

ちなみに岩城先生はこの問題をどうお考えだったか。全集などに収録する「一握の砂」の底本には東雲堂版の「一握の砂」を用いるべきです、これが完成版なのですから、と。卓見であった。しかし「悲しき玩具」では、斎藤のテキストの方が岩城先生のそれよりもすぐれたものとなる。『一握の砂』は徹頭徹尾石川啄木の作品であるが『悲しき玩具』は土岐哀果の校訂・編集になるからである。だがこれを論ずるゆとりはない。

さて、さらに一一月三日〜二〇日の間にどのような推敲がなされたのか。その具体的な豊富な実例が「第五章第一節『一握の砂』の音数律」に遺憾なく示される。真剣で有能な読み手には『一握の砂』研究のための示唆が充ちている。大室氏は言う。「『一握の砂』において啄木が獲得した世界、或いは啄木が意図した表現世界は余りにも奥深く広大である。……以上検討してきた啄木の推敲意識(歌に対する意識の変容)がやはり本質的な問題のように思われる」と。貴重な指摘である。

ただし、わたくしは「啄木の推敲意識」のもっと奥に、三行書き短歌の創造があり、こちらこそ本質であると言いたい。**推敲は**一行書きを**三行書きにするに際しておこなわれ**（一〇月四日〜一六日）、その後、初校・再校ゲラになった**版面を見て二度目、三度目の推敲をおこなった**のであって、推敲意識の深化にともなって、三行書きを発想した**のではない**。土岐哀果とはちがう啄木独自の三行書きを発想してのちに、それにふさわしい推敲を始めたのである。

（今度の歌集は）「『一握の砂』と題して来月上旬東雲堂より発刊致すべく、一首を三行に書くといふ小生一流のやり方にて**（現在の歌の調子を破るため）**……」「十二月――初旬『一握の砂』の製本成る。……一首を三行として**短歌在来の格調を破れり。**」

太字部分の重要性を理会できる人が、一人でもいてほしいものである。

ともあれ、この章のこの節は第Ⅰ部の全成果の集約点である。この節は金鉱石ではない、砂金である。特別な技術は無くとも真剣に学ぶ気があれば、だれでも輝く砂金を採取できる。

蛇足：本書第Ⅰ部から触発され考えたその他のこと。

大室氏の論考によって『石川啄木全集』第七巻（筑摩書房、一九七九年）三一二ページの前掲西村辰五郎宛啄木書簡は、三一四ページの下段、三九一号と三九二号の間に移されることになろう。ついでに言うと『石川啄木全集』（筑摩書房）はその後の研究によって大きな多面的な改訂を必要としている。

大室氏が『一握の砂』成立の最終過程を解明するためには、先ず二編の論考を要した。第一節の「啄木自序」の謎と第二節「椋十序文」の謎と。わたくしがこれまでに述べたことは先ずこの二編に依っていたのである。

そこでは触れなかったことに触れておきたい。この論考を読んで考えたことである。

啄木は「序文は藪野椋十が書く」と一〇月一〇日郁雨宛書簡末尾に書いている。これは今度歌集を出すので、出版の時は序文を書いて欲しいと願い出て内諾を得た、の意であろう。椋十に序文を執筆してもらうには、歌集の全体像を示すための、初校ゲラが必要であろう。初校ゲラが出たのは、一一月三日頃であるからそのころ初校ゲラ一セットを渡して正式に執筆を依頼したのであろう。（椋十の好みは「我を愛する歌」に集中していたと思われる。）

ところが先の西村宛の月日不詳書簡で、啄木は「尚藪野椋十氏の序文は変更又は除くかも知れず、今夜逢ふ筈になり居り候」とある。なぜこんなことを啄木が言いだしたのか。大室氏の考察は大いに参考になるが、わたくしは氏にもう一考していただきたい視点がある。杉村楚人冠『七花八裂』（丙午出版社、明治四一年一月一日刊）の序文を藪野椋十が書いているのである。その序文の奇抜なこと、『一握の砂』序文の比ではない。啄木は椋十の最初の序文の原稿に困惑したのではないか。大室氏はこのことも視野に入れて考証を進めてほしい。

ついでに言えばこのたび『七花八裂』を繙読したことで、望外の着想を得た。『七花八裂』の、椋十の序→楚人冠の自序→凡例→目次という順序は、『一握の砂』の、椋十の序→啄木の自序（献辞）→小引→目次の順序と同じなのだ、形式のみならず、内容的にも。わたくしは啄木が尊敬する楚人冠の著書の形式を意識的に取り入れたのだと思う。明治四三年六月以降の啄木・楚人冠の関係はこれまで考えられてきたものとは比較にならぬ親密さであることが、昨年分かった。さらに吉田孤羊『啄木片影』の「朝日時代の啄木　3」も参考になる。

『国際啄木学会　東京支部会会報』第25号（平成29年7月発行）

エトセトラ⑤ 〔研究書から一般向け解説書への模索を〕 池田功氏の書評

待ちに待った大室先生の本が刊行された。「待ちに待った」というのには、理由がある。本書には平成九年から執筆された二二編の論文が収録されているが、そのつど大室先生から抜き刷りを送っていただいていた。ところがいざ大室先生の論文の箇所を引用しようとすると、管理能力のない私はどこに置いたか分からなくなっているのである。そこで私の大学の図書館にあるかどうか調べてみると、残念ながら無く大室先生に再送をお願いすることもあった。

それである時に、「先生早く本にまとめて下さい。そうでないと引用しなければならない私たちの方が迷惑になります」というようなことを、冗談めかして申し上げたことがあった。しかし、本書が刊行されてこれで引用もしやすくなるというものである。

それでは、どの部分を引用したのかというと、それは第Ⅰ部、第五章の「音数律と推敲の法則」である。実際に拙著『石川啄木入門』の九八頁に引用している。つまり、啄木は最初一行で発表した短歌を、『一握の砂』に編集する時には、三行書きにしたのであるが、その理由は一体どこにあったのかということである。大室先生は、「一句が別行に分れる句を含む」歌を三三首すべて挙げながら、この一行から三行への改変は、五七五七七の「句」の意識の希薄化をもたらし、逆に「行」の意識が基本になったことを指摘している。もっと簡単に言えば、従来の短歌的な発想から三行詩に近づいているということである。

啄木がなぜ三行にしたのかという理由として、十分説得力のあるものである。

また、第Ⅰ部、第二章「〈つなぎ歌〉の形成」も、既に多くの研究者によって指摘されているように優れた論文である。万葉集を研究されていたというその幅の広さが、啄木短歌研究に応用されて成果を生みだされたのである。これらの研究は、啄木短歌研究史に残っていくものであろうと思う。

このように優れた研究書ではあるが、しかし、注文をいくつかつけておきたいと思う。それはまず、本書の書き方が少々わかりにくいという点である。本書は「序」で記しているように、「客観的なデーターに固執し、具体的な分析のみを提示」している性格上、全体が「研究ノート」に近い書き方になっている。データーが多くなってくると、各論文の最後の【確認】のところを読まないと内容をうまく把握できないのである。

ところが、三枝昂之先生の『啄木　ふるさとの空遠みかも』(本阿弥書店)の二三章「三行書きの意義を考える」を読むと、大室論文の三行書きの部分が大変分かり易くまとめられている。それだけではない。この短い章の中に、短歌史における平安時代の二行書きや、近代における与謝野鉄幹や秋庭俊彦、そして土岐哀果などの三行書き短歌を記した上で、啄木短歌の三行書きのプラス点として視覚的に主題がすぐ分るようになったことを記している。

その上で、三行書きの論考として大室先生を取り上げ、二つの大きな積極的な意味があるとしている。一つは、字余りに改変したのは「定型からの離脱」という作歌意識があるということ。もう一つは、句を基本とした発想から離れ、行を基本とした歌のしらべに変容していることである。三枝先生は、「短歌を三行詩へスライドさせようとする手探りである。短歌という領域は手放さないが、それに三行詩への変奏という揺さぶりをかけ」ている云々と、大室説に立ったうえで論をすすめている。実にわかりやすく、また説得力のある読ませる文章である。私のお手本とするものである。

大室先生の今回のご著書は研究書という性格から、当然の書き方であると思うし、それは仕方がないことであろう。ただ私は本書を読んでいる時、今井泰子著『石川啄木論』（塙書房）の「あとがき」に記されていることを想い出したのである。今井先生の北海道大学の卒業論文の指導教授は、風巻景次郎であった。風巻先生は今井先生の「呼子と口笛」論をほめたうえで、「貴女は頭の先で書いている、何だか数学の論文でも読まされているような気がしましたよ。文学ですからね、文学は身体で感じるものですよ」と言われたという。「身体で感じる」文章にするために、今井先生は書いた論文をそのまま本にするのではなく、すべて書き直して一冊の本にされた。もちろんこのようなことは私もできるわけではない。しかし、このようなまとめ方もあるということ、さらに言えば今井先生の一冊の本にこだわる恐ろしいまでの執念や気迫を感じるのである。

また、本書の二二〇頁の「課題3」で、「本稿では全く触れなかったが、字余りにおける啄木の独自性を論じるのには、当然、同時代の歌人との比較が不可欠の課題となろう」とあるように、字余りや多行書きの歴史や同時代の傾向が、本書の中ではほとんど言及されていない。もっぱら啄木の短歌に限定されて、そこを中心に初出と歌集との相違などが徹底的と言わんばかりに追究されている。それもほぼ二〇年にわたってである。その姿は実に立派である。しかし、もし可能であるならば、今後はもう少し広い古典作品にまで及ぶ視点から研究をお願いしたい。

そして何よりも、せっかくの研究が、研究者だけにしか読まれないようなもの（それはそれで重要なことであるが）に終わらない、一般向けの分かりやすい解説の本も書いていただきたいと思った。私の勝手なお願いを中心に記したが、本書が啄木研究史に残る優れた研究書であることにいささかの疑いもない。

『国際啄木学会　東京支部会会報』第25号（平成29年7月発行）

エトセトラ⑥ 〔「編集」と「推敲」の特色を解明〕 森義真氏の書評

標題について、今年3月26日に明治大学駿河台校舎研究棟で行われた東京支部会でお話させていただいた。今回、河野支部長から同趣旨での寄稿を促されたので、当日配布した資料に沿いながらエピソードなどを補って、責を果たしたい。

待望の一書！

啄木研究者の一人として、これまでに発表されていた大室さんの『一握の砂』関連論考12篇、『悲しき玩具』関連論考8篇を集大成したこの本の意義は大きいと実感している。

これまで、大室さんから各論考の抜き刷りを頂戴していたが、様々な場面で気になった点について該当の冊子を探し出すのに苦労したことがある。今後は、この本が字引のようになると確信している。

特に、『一握の砂』序文について「啄木自序」と「椋十序文」とに分けて考える必要があることを提示されたことはこれまでにない視点だったと思う。この二つの序文の抜き刷りを何度か探したり、該当の研究年報を見つけ出して読んだことがあった。

ここが素晴らしい！

〈推敲〉『一握の砂』と『悲しき玩具』の二つの歌集における「編集」について詳しく解明したばかりでなく、「推敲」にも着目して掘り下げている。特に、従来は『悲しき玩具』は歌稿ノート「一握の砂以後」をそのまま歌集にしたと考えられていたが、このノートに書き込む時点で、同時期に歌を発表した雑誌とは違う歌順にしたり「推敲」がなされていることを具体的な根拠をあげて論証されている。これは、歌集として『悲しき玩具』を読み解く上で、これまでにない斬新な切り口だったと言える。

〈編集〉『一握の砂』を五章に構成した「編集」は単純なものではなく、生と死をめぐる一人の男の物語として編むことによる、歌集初出の歌と既発表の歌の作り直しについても論述している。

〈つなぎ歌〉「つなぎ歌」というこれまでの啄木研究界には全くなかった概念により啄木の配列構成意識を解き明かしている。これは近藤典彦氏が説いた「切断の歌」とともに、全く新しい定義づけであり、啄木の研究界に投じた波紋は大きいと言える。

私が館長を務めている石川啄木記念館での企画展「啄木と『一握の砂』」における解説コラム

「『一握の砂』編集の巧緻 ～〈つなぎ歌〉と〈切断の歌〉にもふれて～」には、次のように記した。「一般的に、作歌された順に並べる編年体で編集される歌集が多く見られます。しかし、啄木はそうした方法を取らず『一握の砂』を五章で構成し、非回想歌と回想歌を交互に組み合せて編集しました。その五章五五一首の歌については、一首一首を独立させて鑑賞することができるとともに、啄木が「石川一」という一人の人間の生と死をめぐるドラマを描いた歌集として仕立てられていると言われています。そうしたストーリー性を組み入れたばかりでなく、歌の配列や歌数、章頭歌との呼応など、歌集の至るところに編集の巧妙さが表れています。

その中で、〈つなぎ歌〉（大室精一）と〈切断の歌〉（近藤典彦）を紹介します。

〈つなぎ歌〉とは、万葉集など古典和歌の配列論に見られる〈つなぎ〉の概念であり、『一握の砂』にはその手法によって改変された歌が、いくつか見ることができるというものです。例えば、『春の雪／銀座の裏の三階の煉瓦造に／やはらかに降る』の初出は、『・・・／よこさまに降る』でしたが、前後の歌群を一つのテーマとしてつなげるために、激しく降る雪をやわらかいイメージに変化させました。

また、『切断の歌』は特に第四章の『忘れがたき人人　一』に表れているというもので、函館から札幌、小樽、釧路と続く人間模様や風景の描写などが三首単位で表現されており、四首目がその次のテーマに移るために切断の役目を担っていると説かれています。これは、一ページ二首の配置を啄木が指示していますので、見開き右のページの二首目から左の二首が一つのテーマでまとめられていることになります」。

エピソードを一つ紹介したい。盛岡では毎年夏に全国の高校生による短歌甲子園というイベントを開催している。昨年の審査員を務めた歌人のT氏から、歌稿ノート「一握の砂以後」の青や赤の点はどういう意味を持つのか、と同じく審査員を務めた私どもの学芸員を通じて質問が寄せられた。すぐに自宅の書棚から取り出した「『悲しき玩具』歌稿ノートの中点」の抜き刷りからコピーを取って、T氏に届けた。その後の感想をお伺いする機会がなかったが、お渡しした際、「啄木はこんなところにも研究が及んでいるのですね」というコメントをいただいた。今夏に、もしお会いする機会があれば、ぜひ感想をお聞きするつもりでいる。

残念な点も—

大室さんは「序文」の最後に、「実は各章に及ぶ書き下ろしの論考を追加する予定を立てていたのだが、生まれて初めての手術（二度の心臓手術）のため断念した経緯がある」と、書かれている。これには、ご病気に対して心から御見舞い申し上げるとともに、論考追加の断念をとても残念に思う。おそらく、各論考をつないだり、あるいは全体をカバーするような論述を構想としてお持ちだったのではないかと思われる。

「続冊において念願を果たしたいと考えている」とのことなので、この本に盛り込むことができなかったその各章に及ぶ論述を、ぜひ拝読したい。

今後のご健筆にも期待！

先日の東京支部会で大室さんが配られた資料の中に、「今後の予定」がある。盛岡支部での話題提供と坂戸市などでの講座についての記述に加えて、今年は『啄木そっくりさん』、来年は『クイズで楽しむ啄木』を刊行予定とのことである。さらには、『啄木短歌《三行書き》の論』、『啄木名歌私注』と続いている。ここには記載されていないが、前述の大著の各章に及ぶ書き下ろしの論考を続冊としてまとめていただきたいと思う。これは、大室さんもそうしたご意向をお持ちだと確信しているので、健康に留意されながら、今後の発刊計画の成就されることを祈念している。

最後に、今一つの要望を申し上げたい。

啄木は第二次『一握の砂』五四三首をまとめた明治四三年一〇年一六日頃の後にも、歌の数を変えずに歌の入れ替えと歌句の推敲をすすめたと、大室さんは論じている。さらに、その入れ替えと推敲は、最終的に「真一挽歌」八首が追加された一一月中旬までも行われたことを論証できるとおっしゃったと記憶している。

もし、その論証が可能であれば、これまでのように大学の紀要などへの追加の論述で発表していただければ、ありがたいと思う。

『国際啄木学会　東京支部会会報』第25号（平成29年7月発行）

エトセトラ⑦ 〔出会いと図書刊行に感謝〕 佐藤勝氏の書評

大室先生、このたびは念願の啄木研究書の刊行が叶いおめでとうございます。

私は著者以上に、この本の刊行を待っていたと思っております。本の批評は、専門家の近藤先生と森義真記念館長のお二人にお任せして、私は別なことを少しお話しいたします。

大室先生に東京支部会で初めてお目にかかってから20年ほどになります。岩城之徳先生から「君は啄木に似てるから啄木の勉強をしなさい」と二十歳の大室先生は言われたようですが、岩城先生の気持ちが解る気がしました。

私にはそれ以来、今も「大室先生イコール啄木」という思いが付きまとっておりますが、専門は万葉集です、と言った自己紹介の言葉も印象的でした。また、大室先生が何度目かの支部会の研究発表で「〈つなぎ歌〉としての『一握の砂』」を発表された時、即座に異議を唱えたのは近藤先生でした。

近藤先生は例の如くの近藤節で「大変興味のある研究ですが、それはおかしい」と言うことになって大室先生の発表を否定されました。当時の近藤先生の言葉には今の何倍もの勢いがありましたから、普通の人は近藤先生の一言でぺしゃんとなってしまうので、中には、その後、出て来なくなった人もいるほど学問的な面からなのでしょうが、厳しい意見を言う人なので（近年の近藤先生からは想像できないが）門外漢の私などは敬遠していたほどでした。これは後で知るのですが当時の近藤先生は熱心さの余りに出てしまった親切な研究上の意見であり、後輩の方へのアドバイスだったのですが、当時の私には「何とキツイことを言うのだろう」としか思えませんでした。

さらにいけないことには、当時の大室先生は育ちの良いひ弱そうな童顔の青年？　だったので、私は、これでは大室先生も次は出て来なくなってしまうのではないかとハラハラして近藤先生の研究論を聴くよりも大室先生の今後のことが気になって聞いていたことを今も覚えております。

ところが当の大室先生は、と見ると毅然として「私の読み方は、このように読めました」と応じたのです。それは意外な反論でした。それまでは若い人で近藤先生の意見や発表に正面から反論する人はほとんど無かった、強いて言えば私の記憶では河野先生くらいかと思います。

私にとって、その支部会の後が心配でなりませんでしたから論戦の内容は全く覚えておりません。家に帰っても「あの人は次に出て来るだろうか」という心配をしておりました。

しかし、約一週間後に大室先生から【啄木論争宣言Ⅰ】なる例の「論争宣言書」が届いたのです。私はこの「論争宣言書」で、ひ弱な啄木の肖像に似た大室先生の第一印象が一変したのです。そして改めて顔に似合わず強い人だという印象に変りました。

以来、私は大室先生のファンになりまして、その後は何度か早く一冊の本にまとめて下さいと直接申し上げて来たのですが、このたび20年目にしてようやく一冊の本になって届いた時の私の気持ちは話さずとも察して頂けると思いますが、多分、この喜びは著者の次になるくらいの順位であると自負しております。

〈付記〉

本書を読了するのには約40日かかりましたが、読みながら過日を思い出したりしてとても楽しい時間でした。そしてあらためて学問の厳しさと熱い思いに至らせて頂きましたことに感謝しております。

『国際啄木学会　東京支部会会報』第25号（平成29年7月発行）

エトセトラ⑧　〔古典和歌配列論による〈つなぎ歌〉の指摘〕　西連寺成子氏の書評

　このたび大室精一氏が大著を刊行された。所収論文中最も古く発表されたものは平成九年、最新のものは平成26年である。啄木歌集の「編集による表現」を追究されてきた大室氏の約二十年間にわたる啄木研究成果が、この一冊に込められているのだ。それゆえに、書物本来の物理的な重さ以上の圧倒的な重量感が、本書を持つ手にひしひしと伝わってくるようである。

　本書については、二〇一六年度最後の国際啄木学会東京支部の集まりにおいて合評会が開催されている。当日の私は明星研究会の催しに参加することが予め決まっていたため、残念ながら合評会に行くことが出来なかったのだが、充実した話し合いが行われたことと思う。おそらくは私が本書を通し考えさせられたことも合評会で既に指摘があったものと推察する。従って、本稿で述べることは合評会での話し合いの繰り返しになるかも知れないがお許しいただきたい。

　本書に収められている論文の中には、かつて東京支部会において大室氏が研究発表されていたものが幾つか含まれている。そのご発表時のことは思い出深い。私自身が思いもよらない方法で、大室氏は鮮やかに啄木の編集意識を解明されていった。時には厳しい質疑応答があり、拝聴していた私達の側にも緊張感がはりつめたこともあったが、それはまた研究者同士の真剣なやり取りを間近に見ることのできた貴重な時間であった。そして、大室氏はどのような時も変わらぬ穏やかな口調で丁寧な説明をされると同時に、研究者としての揺るぎない姿勢を私達に示されていたのである。

私がとりわけ鮮明に覚えているのは、本書第Ⅱ部第二章にあたる「ノート歌集『一握の砂以後』の中点」のご発表である。歌稿ノートの中点に注目するということ自体が私の発想にはなく、先ずその着眼点にたいそう驚いたものだった。さらに、その分析の過程のなんと細密なことか。説明の最後に大室氏は「一首の例外もないのです」（本書では第Ⅱ部第二章最後の「まとめ（確認と課題）」〔確認6〕に当たる部分）と発言されたのだったが、そこに至るまでの説得力に感嘆したことを今でもよく覚えている。ご発表内容とともに、テクストのありとあらゆるものが研究対象になること、厳密な調査は新たな発見を生む重要な基盤となることが深く心に響いた、私にとって印象深い研究発表であった。

今回本書を読み最も感銘を受けたのは、そうした大室氏の研究姿勢並びに研究方法である。氏の根底には、これまでの研究史上において、曖昧なまま放置され、あるいは不問にされてきた事柄への強い問題意識がある。例えば『一握の砂』における序文に関する「謎」の分析である。この「謎」を解明することで『一握の砂』形成過程が見直され、ひいては啄木短歌史の把握の変革にまで繋がってゆく可能性が示されている。このように書けば壮大な研究イメージが先行してしまうかもしれないが、「謎」そのものが従来看過されてきたものであることを考えれば、壮大な流れの出発点は細部を見落とさない「読み」なのだと改めて気付かされる。つまり、これまで積み上げられてきた膨大な研究成果を踏まえつつも、その研究成果に頼り切らない研究姿勢こそが要求されるのである。無論、「謎」解明のために採られている手法も手堅い調査に立脚している。本書では大室氏のこうした研究姿勢が終始一貫しているといってよい。本書を読むと幾度となく「啄木研究において従来は……されてこなかった」といったような表現が出てくるが、その言葉に出会うたびに私は襟を正されるような厳粛な気持ちになった。

本書は『一握の砂』と『悲しき玩具』の二つの歌集を対象に二部構成となっている。どちらについても緻密な分析が展開されているが、啄木の編集意識を明確に反映している『一握の砂』に対する考察の方に勢いがあると個人的には感じた。なぜなら、大室氏自身が言及されているように、『悲しき玩具』の考察では「原則」に則りながらも例外箇所が含まれるところがあるからである。

『一握の砂』の考察の中でもとりわけ興味深かったのは、〈つなぎ〉という古典和歌での配列論を援用した〈つなぎ歌〉の指摘であった。これは古典文学研究も長年されていた大室氏ならではのものであったと思う。歌集における〈つなぎ〉という概念をよくご存じだからこそ、発見することのできた論点であるだろう。「古典和歌の編纂意識全般に通じる意識として存在していると思われ」、「諸歌集の特質や編纂意識によって異なるにしても、古典和歌の殆どの歌集に存在していることになると思われる」〈つなぎ〉の手法は、古典和歌文学をよく摂取していた啄木に影響を与えた可能性は十分にあると推測される。〈つなぎ歌〉の「元歌」と『一握の砂』に収録された歌とでは「推敲」という言葉を遥かに超える改変がなされていることの指摘から始まり、その改変理由に迫っていく分析過程は堅実かつ鮮やかでとても面白かった。

この手法を啄木が意識的に用いているということは、かつて自分が詠んだ歌に表現される世界よりも、配列による読後感や読者に与えるイメージを啄木が優先したということになる。この配列意識は「啄木の魅力溢れる文芸意識の一面」であるのは確かだが、それはまた歌集という形に向けられた啄木の意識の強さを表しているとも言える。例えば、大室氏が指摘した〈つなぎ歌〉である「春の雪／銀座の裏の三階の煉瓦造に／やはらかに降る」や「人ごみの中をわけ来る／わが友の／むかしながらの太き杖かな」の「元歌」は、明らかにこれら〈つなぎ歌〉とは異なる世界を描いていた。とりわけ後者は、初出において「満たされぬ思いや現実の悲哀をテーマに」「心情の類想により統一された歌群」の中の一首であったのだ。改変ではなく新たな歌を創作し〈つなぎ〉とすることも十分可能であったはずだし、本書ではそのような歌も存在していることは言及されているが、啄木は三か所にわたって敢えてそうしなかった〈改変された〈つなぎ歌〉は三首と指摘されている〉。このような改変意識は、啄木における歌集編纂の意味や短歌の位置付けの考察にも繋がっていく可能性を秘めていると思う。大室氏自身も「配列意識に〈つなぎ歌〉の手法を導入していく場合、『虚構と写実』という大きなテーマが待ち受けている」と述べられていたが、〈つなぎ歌〉という着眼は更なる研究の広がりをもたらす点からも画期的なものであったと考える。今回大室氏が〈つなぎ歌〉分析の帰着点として掲げられていたのは啄木短歌の魅力を考察するという観点であったが、「『虚構と写実』という大きなテーマ」に対しては大室氏がどのように切り込んでいくのか、そのご論考をぜひ拝読してみたいと思った。

最後に、大著であるにもかかわらず本書が読み進めやすかった点をあげたい。そこには、専門的な内容をいかにわかりやすく読者に伝えるかという大室氏ならではの配慮があったと考える。まず一つは、記号等を駆使し視覚的にわかりやすく工夫された一覧を多く採用している点である。「音数律と推敲の法則」についての二つの論文をはじめ、このような工夫は随所にみられ、本書を読み進める上で大いに役立った。二つ目に、多くの論文の末尾には「まとめ〈確認と課題〉」が置かれ、今まで読んできた内容が端的に記されているのだが、これもまた読者には有り難い配慮であった。

さらに、大室氏がごく自然な形で読者に寄り添うような文体を採用され、一つ一つの考証を丁寧に説明していることも見逃せないと思う。その文体の特長をうまく伝えるのはなかなか難しいのだが、本書には、時折、氏自身の思いなどがさらりと挿入されている部分がある。それは、研究者としての厳密な姿勢に貫かれた文章の中で、一時、読者と著者の距離を縮める機能をもたらすように思われた。研究論文は主観を排除するが、広く読者一般においてはむしろそこにこそ共感の契機を見出すこともあるだろう。啄木と同様に、大室氏は単行本という形を踏まえた読者意識を持っていらっしゃるのだと感じたのだった。

本書の「序」によれば、大室氏は刊行までに二度の心臓手術をされたという。お忙しい日々の中、病を抱えながら出版の準備をなさるのは本当に大変だったのではないだろうか。大室氏のご健康を心よりお祈り申し上げたい。

『国際啄木学会　東京支部会会報』第25号（平成29年7月発行）

エトセトラ⑨　〔犯人を追う探偵のような書〕　安元隆子氏の書評

大室精一先生のお人柄の滲み出た研究書だと思う。地道な検証の末、これまで明らかになっていなかった啄木歌集の編集意識について、後学の者が必読を迫られる貴重な研究書をまとめられた。その論述は、お人柄同様、堅実で丁寧である。しかし、時に犯人を追う探偵のように執拗に、また、大胆な発想に基づいて書かれている。大室先生が渾身の力を傾けてまとめられた書であることがひしひしと伝わってくる。

この本を読み、感じたことは、研究は「共鳴」によって高められる、ということ。大室先生の〈つなぎ歌〉の論理は、古典和歌研究に端を発しているという。我々はつい自分の専門にこもりがちだが、時に隣の研究分野にも視線を注ぐことで、見えてくるものがあることに改めて気づかされた。研究は「共鳴」しあい、高められていくものなのだ。

中でも、最も私が興味を持ったのが、三行書きのメカニズムを説いている「音数律と推敲の法則」の箇所。句から行へ。定型を離れていく啄木の内面を説得力をもって炙り出している。

先に私はこの本は著者・大室先生のお人柄が滲み出ている、と書いたが、それを感じさせる一つの理由は、各章の終わりにその章で述べられた内容の要約が必ず付され、確認と課題が整理されていること。論点が整理され、非常にわかりやすい。律儀な先生らしいと感じたのは私だけではないだろう。

ただ、あえて言えば、論文をまとめて一つの本となっているのだから、同じ資料の引用や同様の説明はページ数を示して参照させることで良かったのではないだろうか（例えばP29とP41）。いくつかそのような個所があったので気になった。

このご本は、大室先生がこれまで学会で発表されたり、研究誌に発表されたりしたものをまとめられているので、ある程度内容は知っていたのだが、改めて通読してみて、大作であり、労作であるとつくづく思う。大室先生、お疲れ様でした！　私はなによりも先生の啄木研究にかける情熱を学んだ気がいたします。お身体にご留意されて、益々のご研究のご発展をお祈りいたします。

『国際啄木学会　東京支部会会報』第25号（平成29年7月発行）

エトセトラ⑩　〔短歌の〈読み〉の可能性と奥深さ〕　小菅麻起子氏の書評

石川啄木の歌集（短歌）研究は、今井泰子『石川啄木集・日本近代文学大系23』（一九六九年）以来、半世紀近くにおよんで、他に類を見ないほどの解釈（鑑賞）が蓄積され、近代歌人の中でも群を抜いて進んでいる。しかしそれでもまだ、――歌集を根底から徹底的に洗い直せば、新たにこれだけの事がいえる――ことを実証したのが本書であり、短歌の〈読み〉の可能性と奥深さを教えられる。それは時間をかけて「課題を一つずつ丹念に考察」するという、著者の研究姿勢から生み出されたものだ。

本書を貫く主要テーマは「推敲」「つなぎ歌」「配列意識」であり、これらの方法論が組み合わされた結果、従来にはない新解釈が提示された歌も多い。また著者の緻密な分析に応えうる編集意識を、『一握の砂』が備えているという事実をあらためて認識させられた。

例えば、北海道の回想歌群「忘れがたき人人　一」の「釧路歌群」冒頭歌は、長く「さいはての駅に下り立ち／雪あかり／さびしき町にあゆみ入りにき」として読まれてきた。しかし「啄木の編集意識の特色」は「各地の生活詠」と「移動の歌」とを峻別している点にあり、「移動の歌」には「汽車」「駅」「停車場」「旅」「わかれ」等の語句が必ず詠まれているという。また各地の冒頭歌にはその地の固有名詞が詠み込まれていると。よって「さいはての―」は「移動の歌」であり、次の「しらしらと氷かがやき／千鳥鳴く／釧路の海の冬の月かな」こそが「釧路歌群」冒頭歌であることを、これも「推敲」「「つなぎ歌」の方法を駆使して論証した（第二章〈つなぎ歌〉の形成―第四節千鳥鳴く釧路―）。

個人的には「さいはての―」の一首を釧路歌群の冒頭歌として読んでも、さして問題はないと思う。しかしながら「移動の歌」と呼べるカテゴリーの歌群が「各地の生活詠」の間に挿入されていること、「さいはての―」の主人公も「さびしき町」に歩み入ったところであり、なるほど「移動の歌」として読むことが出来る。新たな視点を導入した、著者の考察（新解釈）に納得がいった。

他にも著者のオリジナルに、啄木の「三行分かち書き」は、歌のしらべの基本を「句」から「行」に置き換えたという発見があり、これが推敲の前後関係にも応用される。例えば「真白なる大根の根の肥ゆる頃／うまれて／やがて死にし児のあり」は、雑誌『スバル』に「真白なる大根の根の肥ゆる頃肥えて生れてやがて死にし児」があり、共に定型の音数ながら、『一握の砂』では「句を解体して、句の途中で改行」されている（「うまれて／やがて」の部分）。つまり「句」から「行」への改変という『一握の砂』推敲の法則に合致しており雑誌が推敲前であると、明治43年11・12月の雑誌歌に関して『一握の砂』が先であるという従来説を覆した。

関連して、詳細な音数律の分析から、推敲の前後関係を確定するという方法も効果を上げている。例をあげれば、「助詞一字の改変」「同一漢字の訓み改変」による「字余り」の発生が、『一握の砂』「推敲の法則」としてまとめられる。よく知られる歌では、「誰が見てもわれなつかしくなるごとき長き手紙を書きたき夕べ」（雑誌）から『一握の砂』では二句目を「われをなつかしく」と「助詞一字」が加えられ、「字余り」になっている。また「このつぎの休日に一日（ひとひ）寝てみむと思ひすごしぬ三年このかた」（雑誌）から、『一握の砂』では二句目が「休日に一日（いちにち）」と「同一漢字の訓み改変」となり、これも「字余り」になっている。著者はこの「字余り」をして、啄木短歌の「定型からの離脱」とみる。

しかし何故、啄木は「定型からの離脱」を「推敲の法則」と指摘されるまでに厳密に実行したのか。〈愛唱性〉という観点から考えれば、定型に収まっていた方が朗詠しやすいのではないか。より分かりやすい口語的な歌に近づけるためか。近代短歌史における定型意識の問題や、同時代歌人の動向も合わせて気になるところであった。

さらに本書の大きな成果として、『一握の砂』編集完了時期の変更があげられよう。（従来「十月末」と見なされてきたものを「十一月中旬」と下方修正した）。この変更は『一握の砂』形成論に関わる問題だけに、「椋十序文」書き直しの考察、「真一挽歌」増補の検討と、「一つずつ丹念に考察」が積み上げられ、他にも増して時間をかけて検証されている。そして著者の粘り強い検証により、ついには反対論者をも説得するに至った。

ただ私はこれに関連して、以前より一つ疑問に思っていることがある。それは『一握の砂』の「発行日」(十二月一日発行)と、実際に書店に並んだ日のことである。現在でもそうであるが、雑誌や本の「奥付」に記載される「発行日」と、実際に流通する日はズレていることが多い。現に本書『『一握の砂』『悲しき玩具』—編集による表現—』の奥付は「平成二十八年十二月一日」となっているが、私の手元には早々と「十一月四日」に届けられた。『一握の砂』が「十一月中旬」まで啄木の手元で編集されていて、「十二月一日」に発行出来るほど印刷所のスピードは迅速であったのか。あるいは「十二月一日」より早く書店に並んでいた可能性はなかったか。当時の出版社の印刷事情や、書店の流通事情について、気になるところであった。

『一握の砂』と並ぶもう一つの柱『悲しき玩具』については、啄木没後にこれが刊行された経緯から、藤沢全『啄木哀果とその時代』の他に、歌集として正面から論じられることが少なかった。著者は藤沢の形成論を踏まえながら、『悲しき玩具』を「遺稿ノート」に基いて洗い直し、その結果『悲しき玩具』にも『一握の砂』同様に、啄木の編集意識が働いていた事実を明らかにした。「遺稿ノート」に記された歌には、初出雑誌とは異なる配列意識が働いており、新たな「歌集」として再構成されようとしていた。故に著者はこれを「ノート歌集」と呼ぶのである。

『悲しき玩具』においても、「句読点の異同」や「助詞一字」の書き加え、「句から行」への移行などから、推敲の前後関係を割り出してゆく。『一握の砂』で十分に説明された「推敲の法則」の延長線上にあり、無理なく理解できる。啄木の「編集による表現」は『悲しき玩具』の上にも発揮されつつあったわけである。

なかでも「ノート歌集」における「中点」の色区分の考察については、著者が初めてこれを取り上げた。「朱・青・黒」の色区分により、「ノート歌集」と「諸雑誌」の推敲の前後関係が分かる。つまりこの「中点」の色区分は、啄木が「ノート歌集」を基に「歌集全体の編集を意図していたことの明確な論拠」になるというわけだ。著者の緻密な分析の裏付けあっての推定であり、今少し生きて完全な「歌集」にしたかったであろう啄木の「意図」が、切実に伝わってくるところである。

本書は大変親切な研究書である。重要事項に関しては何度も繰り返し出てくる。読者は以前に説明されていた該当箇所に一々戻らなくても、先へ先へと読み進めることが出来る。さらに各章の「まとめ」には「確認」事項が列挙されている。私には有り難いことであった。

『国際啄木学会　東京支部会会報』第25号（平成29年7月発行）

エトセトラ10　プラスワン　〔温かい激励の「書評」に感謝〕　大室精一の回答

東京支部会での拙著（『一握の砂』『悲しき玩具』―編集による表現―』おうふう）に対する合評会、及び今回の支部会報における多くの皆様からの「書評」に感謝します。本来なら、その感謝の念を次回の支部会の折にでも申し上げてお役御免となるところなのですが、近藤典彦氏から、『悲しき玩具』について厳しい批判を記したので支部会報に「反論」を記すようにとの指示があり（何度も辞退したのですが）河野支部長からも重ねて執筆依頼が届き、ここに「感謝」＋「反論？」の一文を記すことになりました。

最初に温かい激励の「書評」に感謝し、執筆して下さった皆様に御礼のメッセージを（内容が重複しないように配慮しながら）一言ずつ述べさせて戴きます。

▼近藤典彦氏に

「〈啄木の推敲意識〉のもっと奥に、三行書き短歌の創造があり、こちらこそ本質である」との貴重な指摘を受け、数年後になりそうですが、『啄木短歌〈三行書き〉の論』を構想しています。

▼池田功氏に

「一般向けの分かりやすい解説の本」も書いて欲しいとのアドバイスを戴き、本年度は『啄木そっくりさん』、来年度には『クイズで楽しむ啄木』を刊行する予定になっています。

▼森義真氏に

今回断念した論考の追加発表を要望して戴きましたが、ライフワークとして『啄木名歌私注 ―編集の美―』刊行を準備しているので、新たな論考としてではなく、その本の中でじっくりと課題解明に向けて取り組みたいと考えています。

▼佐藤勝氏に

啄木研究を実質的に開始したのは前回の『石川啄木文献書誌集大成』刊行後になるので、今回の「続篇」を最も待望しているのは小生になると思います。

▼西連寺成子氏に

「虚構と写実」というテーマに更に切り込んで欲しいとの要望を記して戴きました。もちろん小生も『啄木短歌〈三行書き〉の論』、及び『啄木名歌私注 ―編集の美―』において考察を深めたいとは思いますが、このテーマは（小生よりもむしろ）テクスト論に精通している西連寺氏に期待したいと考えています。

▼小菅麻起子氏に

『一握の砂』は奥付の「十二月一日」より早く書店に並んでいた可能性はなかったのか？という質問ですが、これは十一月二十九日の加藤孫平宛の書簡に、「『一握の砂』は二三日中に出来る筈に候」と啄木自身が記しているので、やはり十二月初旬と思われます。ついでに拙著の刊行が実際は十一月初旬なのに奥付が「十二月一日」となっている理由は、『一握の砂』の奥付に合致させることを最優先したためですので、念のため記しておきます。

▼安元隆子氏に

合評会の席上で拙著には重複記載が多すぎることを指摘して戴きました。実は、数例の重複個所に関しては当初「参照」として頁のみを記す形式にしました。ところがデータや表を遡り、その度に確認しながら通読するのは本書の場合かなり苦痛？になるのではないかと不安視して現在の形にした経緯があります。

さて、「書評」全体の感想に移りますが、第Ⅰ部『一握の砂』については、「序文」「推敲の前後」「つなぎ歌」「音数律」等の各テーマについて（拙著の論証は不充分ながらも）その方向性は概ね評価して戴いたものと判断しました。

すると問題は、第Ⅱ部の『悲しき玩具』になります。例えば近藤氏は、拙著に対して、

「第Ⅱ部『悲しき玩具』―編集による表現―」は、第Ⅰ部とちがっておそろしいほど空虚であった。これが読後の感である。労多くして功少なし。氏のために慨嘆するばかりである。

と、厳しい指摘になっています。この指摘は、近藤説と大室説の対立を踏まえるなら、実は当然の帰結であると言えるようにも思いますが、両説を検証する意味で、ここで『悲しき玩具』（実は「一握の砂以後」）論を整理してみるなら、次の(A)(B)(C)のように分類されると思います。

（※この説明は、本書第三章　アラカルト⑩と一部重複）

(A)「歌稿ノート」説→今井泰子氏・藤沢全氏など従来の説
(B)「ノート歌集」説→近藤典彦氏の新説
(C)「ノート歌集」（第一段階）
　＋「歌稿ノート」（第二～五段階）→大室説

右の近藤説(B)では、「ノート」の全歌（第一～五段階）を全て「歌集」とみる点に特色があります。それに対して大室説(C)は、第一段階のみ近藤説と同じ「ノート歌集」とみるが、第二～五段

階は従来の(A)説と同じ「歌稿ノート」と想定する立場になります（大室説の論拠は拙著を参照してください）。

ところで、近藤説を支えるのは「ノート」における「四首単位」の配列構成である。氏は『復元啄木新歌集』において、拙著による指摘を「大室精一はノート歌集の見開き左側に四首ずつという記載方式に、第二歌集における啄木の「四首単位」の編集意図を読み取った（「佐野短期大学研究紀要」2006・3）。卓見である。」と紹介しているが、今回の「書評」中においては、それに重ねて

そしてもし、直筆ノート（以下「ノート歌集」）が、大室氏の指摘のように、「啄木の『四首単位』の繊細な編集意識」によって編集されているものならば、「ノート歌集」のすべての「四首単位」を、綿密に分析・研究されるべきであった。しかしもっとも困難で最も重要な作業を氏は回避してしまった。

と発言され、（「第一段階」は同一意見として認めながらも）「第二～五段階」の歌群を「歌稿ノート」とみる大室説の想定は否定していることになります。しかし、その指摘には確証はないように思われます。何故なら第一段階の歌群には「四首単位」の配列構成が存在することを大室が論証しましたが、第二段階以後の歌群については「歌集」としての構成意識が論証されていないからです。大室説では逆に、第二段階以後は「ノート」を推敲した後の「雑誌掲載歌」において初めて歌群とし

ての配列構成が完成することを論拠に、第二段階以後の「ノート」は「歌稿ノート」と想定しているので、両者は前提がまるで異なるということになります。近藤氏は、（不充分ながらも論拠を提示している）大室説を「単なる主観」として排斥しているのですが、その論法でいくなら論拠が殆ど示されていない近藤説も「単なる主観」ということになるはずです。論争はお互いに論拠を提示し合い、その論拠の検証によって実のある成果に向けて少しずつ前進するものと確信しています。そこで、今後の『悲しき玩具』論のために、論点とすべき項目を四点に絞り、整理しておきたいと思います。

①「推敲の前後」について

これまで『悲しき玩具』論においては、「ノート」と「雑誌掲載歌」との推敲の前後はあまり考察されてこなかった印象があります。拙著ではその点を踏まえて、第一段階の歌群では「雑誌」→「ノート」の推敲であり、第二段階以後では「ノート」→「雑誌」の推敲であることを論証してきました（但し、第三段階だけは「精神修養」→「ノート」→「新日本」という推敲と思われる）。そこで、この推敲の前後関係の検証が急務となります。その検証を踏まえた上で、「ノート」と「雑誌」両歌群の配列構成意識の有無、特に第二段階以後の「ノート」に「四首単位」の構成意図が存在するか否か、等が問われることになると思われます。この「四首単位」の編集意識が論証された時にのみ、近藤説は重要な意義を持ってくると思います。

②「中点の色区分」について

そもそも、啄木は何のために中点を付したのでしょうか。そして、色区分は何故必要だったのでしょうか。それは、後に再編集をするためと思われます。すると「ノート」は再編集することを前提にして記されていることになり、当然のことながら「歌稿」としての趣が深いように思われます。

③「最後の歌、書き出しの一首の存在」について

「ノート」の末尾に「大跨に椽側を歩けば」という書きかけの歌が記されています。「ノート」を歌稿と考えるなら途中まで書きかけて断筆したとの説明が可能であるが、「ノート」を仮に「歌集」と想定するなら、この書きかけの歌も清書原稿の一部と想定することになり極めて不自然な現象と思われます。

④「土岐哀果への言葉」について

啄木は死の直前、哀果に「一握の砂以後」のノートを渡しながら、「それで、原稿はすぐ渡さなくてもいゝのだらうな、訂さなくちやならないところもある、癒つたらおれが整理する」と発言しています。病状悪化のため、結局は訂正も再編集も叶わなかったが、この発言には啄木の無

念さが滲み出ているように思われます。啄木の思い描いた本来の「歌集」の姿、（復元は不可能にしても）それを考察することは意義深いものと思われます。

以上、近藤氏と河野支部長に誘導されながら思いつくままに「感謝」+「反論?」の一文を記してみました。繰り返しますが、『悲しき玩具』論は研究の緒に就いたばかりなので、特に編集に関わるテーマは今後の研究に委ねられることになります。但し、拙著が『悲しき玩具』論発展のための「論争」の導火線になるとするなら、小生は火達磨になるのも本望との思いに溢れています。多くの方の参戦に期待します。

※追記　拙著『『一握の砂』『悲しき玩具』―編集による表現―』（おうふう）の誤字等を読者に伝える機会がないため、この場を利用して「正誤一覧」を記します。

【正誤一覧】

▽59頁7行　「思われる例えば」→「思われる。例えば」

▽175頁8行　「別視点からからの」→「別視点からの」

▼276頁13行　「苦労をさせたる」→「苦労させたる」　※後述

▼279頁6行～280頁5行　上記の15行を削除　※後述

▽318頁7行「115～130番歌」→「131～177番歌」

▽326頁12行　「新日本」→「詩歌」

▽341頁13～17行　「本書の第Ⅰ部」→「本書の第Ⅱ部」

※右の「正誤一覧」のうち▼印は、データ検索に際して『編年石川啄木全歌集』（清水卯之助編・短歌新聞選書）の314頁の記載に従い処理したのですが、後に「石川啄木全集」での確認が不十分であったために大失態となってしまいました。混乱を与えた皆様にお詫びするとともに、孫引きの恐ろしさを肝に銘じて今後は精進したいと考えています。

『国際啄木学会　東京支部会会報』第25号（平成29年7月発行）

《エピローグ》わが青春のメッセージ

※この拙文は今から50年も前の学生時代に記したものであり、エピローグ（終章）として相応しくない印象もある。実は最初はプロローグ（序章）として構想していたのだが、本書のタイトルを「啄木そっくりさん」とした関係で急遽この配列になった。教員生活を終えて人生の〈再スタート〉にあたり初心忘れずの意味を込めてエピローグにしたい。

「青春の虚妄性に挑む」 ▽総長賞受賞論文

――学問に志した者は、その学問を通して人生を考えるべきである。自分が専攻した学問に対して責任を持つという立場からも君たちはそうすべきだ。――

これは、文理学部国文学科岩城之徳教授の言葉である。現在、私が人生をいかに生くべきかと問われたとしたら最初に思い浮かぶのがこの言葉である。講義の途中でふと言われたこの言葉に対して、私は異常とも思えるほどの感動を受けた。入学当時の燃えるような情熱が岩城先生のこの言葉によってひしひしと蘇ってくるのを感じるからだ。私にとって学問とは文学のことである。私が文学を学問の対象としたのも文学を通して自己を追求しそしてその学問を通して自分自身の進むべき道を見つけようと意図したからなのであった。つまり私の実践しようとしてきたことが、岩城先生の考えに期せずして一致していたことになる。文学という学問を通して自己を見つめてゆくこと、それが現在もなお変らぬ私の姿勢である。しかし、そのような共通性を持ちながらも入学当時と現在とでは思想的に全く異質であると言わざるを得ない。私が学問に情熱をかけて大学の門をくぐることを決意したのは陽気で積極的な意志からではなかった。うまく表現できないが、追いつめられたような焦燥感……その虚妄性に耐えられなくなっての心理からであった。入学直後の日記に私は次のような散文詩を書いている。

脳髄の中に妖しい炎が燃え始め耳を劈く音とともに過去が崩壊する
今、人々が幸福と呼ぶ空虚な世界に住んで
俺の心は怯えている羊のように彷徨う

「彷徨」という題名のこの詩は詩と呼ぶのにはあまりにも幼稚なものであろうが、回想してみると空虚で焦燥感に囚われていた当時の心理状態だけは適切に表現しているように思える。人間の心は決して完全には理解されるものではない。そのことは、私も身をもって痛切に感じさせられてきた。そして現在私は自分の内的世界を理解して欲しいとも思わないが、閉ざされた窓をじっと見つめているような空虚さは一体何故なのかと問いかけてみる。死を意識しながら反問し続けてきたのは一体何故なのかと。

人生をいかに生くべきかと私が真剣に考えるようになったのは、そのような心理状態においてであった。人生をいかに生くべきかと問うことは、そのような虚妄な精神状態から脱却するための必死なそして唯一の活路だと信じたからである。そして私は、人生への指針を求めるという意味から文学という学問に情熱をかけて大学の門をくぐることを決意したのだ。それは表面的には国家公務員から学生へという微小な変化に過ぎないことであったが、私にとってそのわずかな変化は人生の再出発ともなる重要な岐路となったわけである。友人の多くが、ただ何となく大学の門をくぐる中で私はそのような心理過程を経験してきた。そのような経験をしてきたことが幸福であったのか、それとも不幸であったのか自分にもよくは分からないが当時のことを回想するたびに私の若い血が燃えてくるのは事実である。冒頭に記した「学問を通して人生を考えるべきである」という岩城先生の言葉が私に異常なほどの感動を与えたというのもその時の決意が、そして入学当時のその燃える情熱が激しく蘇ってくるからに他ならないのである。

その決意と情熱をもって、私は日本大学の学生になった。そして、これから始まる自分の学生生活に対して非常に大きな期待を抱きながら新しい一歩を力強く歩み始めた。日本大学の学生となって初めてキャンパスに立った時の感動を私は今でもはっきりと覚えている。門を入ると緑の芝生に彩られた広いキャンパスが開け、その中ほどには大きな噴水が勢いよく噴射され、体育館の横には日時計もあった。体育館、大講堂、学生ホール、図書館、そして正面に聳え立つ時計塔。それらを見つめながら、私は身体中が発散してしまいそうな充実感を味わっていた。ああ、これが自分の情熱をぶつける〈学問の場〉なのだとしみじみ感じながら。

入学してから一カ月間位は、オリエンテーションなどの行事が重なり非常に忙しかった。忙しさに紛れて私は省みることをしなかったが自分の心の中に妙な陰影ができていたことは意識していた。最初私はそれを大学の雰囲気、キャンパスのムードに慣れていないために生じた不安だと思っていた。事実、大学には私達新入生にとって何か溶け込み難い違和感があった。その違和感が数年前に起ったいわゆる日大闘争の爪痕であろうとは私にも理解できたが、私の心に暗い影を与えたのはもっと深刻なものであった。私の眼には大学自体が非常に荒廃しているように見えたのである。

もちろん、講義やその他の行事は規則正しく行われていたわけであり、学内は極端なほど平和であった。しかし、その平和というのは自由でさわやかな若者らしい平和というよりはむしろ非常に退廃的なそれに近かった。そして、その退廃ムードの中においてさえも「学生」と「大学」との対立は深い溝をもって、しかも一触即発の状態であるように私には思えたのだ。入学して間もない私達はそのような状況をただ見つめているだけであったが、このままずるずると流されてしまいそうな危機感を抱いたのは私だけではあるまい。私達が入学試験を受けた時に機動隊の警備がすでになされていたことから予想して、学内の雰囲気が緊迫状態にあるであろうということは覚悟していた。しかし、いざ入学して日本大学の学生になってみて「学生」と「大学」との対立があまりにも溝が深く、そして解決が極めて困難であることを認識させられて、改めて問題の重大さを痛感させられた。一部の学生が大衆団交を要求してデモ行進し実力行使をもってその団交を強行したのは、そのような状態を是正するためであった。団交の機会が必要だというその考えには私も同調した。深刻な問題を含んでいる現状を打開するには教授と学生とが膝を交えて真剣に討論する以外に手段はないと思っていたからだ。そして、私はその席に臨んだわけなのだが残念なことにそれは団交というよりはむしろ無理矢理に連れて来られた教授の〈つるしあげ〉で終わってしまった。真理を追究するという学問の場でありながら、こうした席で教授と学生が敵視し合うというのはただ傍聴していた私にとっても非常に悲惨な印象を覚えさせた。その団交の他にも一部の学生が校舎の窓ガラスを叩き割ったり、学生課に抗議したりするという単発的な事件はあったがいわゆる過激行為にまではエスカレートすることなくすんだのがせめてもの幸福であった。しかし、冷静に考えてみればそのような試練の時期を経ても問題は何も解決したわけではなく現在に至っても依然として多くの矛盾を抱いているわけである。

私が以上のようにかなり詳細に入学当時の学生運動について記したのは私達の直面している〈現実〉がそこにあると思ったからである。私自身は積極的な行動に走らなかったが私達の世代の若者に共通する〈苦悩〉と〈矛盾〉がそうした一連の学生運動というものを通してかなり明確に表面化されてきたことは事実である。このような現実を直視することなしに私達は「人生をいかに生くべきか」という真剣な問いに対して、いかなる答も見出し得ないのだ。少なくとも私の学生生活においては、学生運動がもたらしたその影響は最も重要なことの一つなのである。

そのような現実を見つめながら、私は文学に情熱を注ぐことにより自分の進むべき道を真剣に問い続けてきた。そして、自分なりにそうした意味から文学の世界を築きあげてきたのだ。私の心の中にある文学の世界とは具体的には万葉集を中心とする古典文学の世界と、太宰治や高橋和己を中心とする思想的な現代文学の世界とである。この二つの文学の世界によって私の文学生活は現在まで支えられてきた。

入学するとすぐに私は万葉集の研究会に入った。学生生活においてサークル活動の重要度は非常に高く、その入会に関しては慎重になるのが普通なのだが、私の場合殆どためらうことなく会員になった。それも、その時には万葉集に関する知識を少しも持っていないというまるで無茶苦茶な状態のままで。正直のところ私は、万葉集がわが国最古の歌集であるということ位しか知ってはいなかった。そして私は、自分が本当に万葉集を必要としているのかどうかということさえ考えなかった。ただ万葉集には私の求めるべき何かがあるという直感があったのみだ。私のような無知な者が突然入会してきて先輩の人達は随分困ったろうと今、時々思い出しては苦笑している。そのように私は非常に無鉄砲に万葉集という古典文学の世界に飛び込んだのだが、現在では離れようとしても離れられないほどの愛着を感じ始めている。現在の私にとって万葉集は心のふるさとであり、そしてまた優しい恋人でもあるからだ。

ところで、入学してすぐに私は万葉集を学問の対象として選んだ。その私が言うと矛盾していると思われるだろうが、当時の私は古典文学の必要性を認めてはいなかった。当時私が考えていた文学とは哲学的な意味における文学であり自己を厳しく追究する文学であったのだ。私の精神の奥深くにまで突き刺さってくる苦悩に対して共鳴することのできる文学を私は欲していた。それに対して、抒情性に富むだけで現実に若者が抱いている苦悩や矛盾に対して全く無縁であると考えていた古典文学に対しては一種の憎悪感さえ抱いていた。（そうした傾向が私独自なものではなく、いわゆる文学青年が考える一般的な現象だとは後になってわかったが）しかしそれにしてもその私が古典文学の中でも最も抒情的であると言われる万葉集に魅せられていったのは皮肉なことである。だがそのことは考えようによれば無意識のうちに私が古典文学を求めていたのだと言えなくもない。焦燥感に怯えながら生活していた当時の私にとって最も必要であったのは古典文学が持つ豊かな叙情の世界とやすらぎを与えてくれる温かみのある文学であった筈だからである。いづれにしても私と万葉集との巡り逢いは全くの偶然であった。そしてその偶然の巡り逢いによって私は何度も自分に訪れた危機を救われてきた。深い絶望感が私に覆い被さるたびごとに最も好きな女流歌人である額田王の相聞歌などがふと浮かんできては、私に勇気を与えてくれたのである。乾いた大地が水を吸収するごとくに私は万葉集を欲した。私はただ万葉集の魅力にひかれたから学んできたに過ぎないのだが、私が万葉集から受けてきた影響はそれ以上に多大なものである。万葉集に接しているうちに私は知らぬ間に少しずつ成長してきていたようだ。無意識のうちに人間を成長させていく。学問とはそんなものなのかも知れない。

私の思想は大学二年の夏に急激に変化した。自分の体内で思想と思考方法とが音を立てながら急激に変化していくのを私ははっきりと自覚していた。恐ろしい程のこの感覚は、おそらく誰にも理解されることがないであろう。高橋和己という一作家との出会いが私にそれだけの影響を及ぼした。それまで太宰治を愛読していた私にとって高橋和己の作品はあまりにも熾烈であり、あまりにも異常であった。両者の作品はともに苦悩そして挫折という同様なテーマでありながら太宰は極端なほど厭世的であり和己は極端なほど冷酷である。そして同時に太宰は極端なほど逃避的であり和己は極端なほど挑戦的である。この全く異質な両者の中間に立たされて私は狼狽した。自己を見失ってしまいそうな危機感が強く私を襲ってきたのである。

入学以前から私は或る種の虚妄感を抱いていた。全ての価値観が崩壊されているような空虚な心理状態の中でなす術もなくいた。そのような私にとって共鳴できる本と言えば太宰治の代表作と言われる『人間失格』位であった。非常に退廃的なその作品の中に私は自己の姿を見ていたのだ。主人公でもある作者がおどけによって世間を眩ましたように私も現実から逃避することばかりいつも考えていた。高橋和己の文学が私の前に登場したのは、そのように屈曲した心理状態においてである。苦悩を鑿で切り刻んでいくような高橋和己の文学は最初私に恐怖心さえ起こさせた。『憂鬱なる党派』という和己の作品に私は最も感動したのだが、登場人物が全て挫折していくという構成を持つこれら一連の作品の世界には何か異様な雰囲気が付きまとっている。そして、最後に挫折するという共通点を持ちながらも太宰的なものを嫌悪しているかのような自己に対する厳しさが和己の作品にはある。苦悩という現実から目を背ける太宰に対して、和己はその苦悩を真剣に直視し真正面からぶつかっている。私が太宰治を捨てて高橋和己に近付いていったのは、自己に対する和己のその厳しさに共鳴したからである。そして私はそれ以後高橋和己の熱烈な愛読者になった。太宰的思想から和己的思想への変化は、謂わば極から極への変化である。つまり高橋和己という一人の作歌に出逢うことによって私の内的世界は全く別のものになってしまったわけだ。これは私が文学から受けた影響の中でも最も大きなことである。文学の持つ影響力の重要さを改めて私は認識させられた。入学時に私は文学を通して自己を追求し、そしてその学問を通して自分の進むべき道を見つけようと決意した。その私の願いは暗中模索の状態でではあるが現在に至って少しずつ成果を得てきたと言えるわけだ。

ところで私は最近『二十歳の原点』という本を読んだ。それは、学園闘争に傷つきその精神的苦悩のため自殺にまで追い込まれた一女子学生の手記集である。同時代に生き、そして同様な苦悩を抱く若者の一人として私は感動しそして共鳴した。この手記を読み終えた時、私は何か取り残されたような空虚な気持ちになった。私が直視しようとしてついにできなかった青春の虚妄性に対して、彼女は真正面から挑んだのだ。不幸にして彼女は、その戦いに敗れはしたが若者として最も真剣に人生を歩んだと言える。私に果して彼女ほどの自己に対する厳しさがあったろうか……そう自問するならば、私は空虚な敗北感を噛みしめながら無言にならざるを得ない。彼女は死の二日前の日記に次のような妙に印象的な詩を書いている。

旅に出よう
テントとシュラフの入ったザックをしょい
ポケットには一箱の煙草と笛をもち
旅に出よう

出発の日は雨がよい
霧のようにやわらかい春の雨の日がよい
萌え出でた若芽がしっとりとぬれながら

そして富士の山にあるという
原始林の中にゆこう

ゆっくりとあせることなく

大きな杉の古木にきたら
一層暗いその根本に腰をおろして休もう
そして独占の機械工場で作られた一箱の煙草を取り出して
暗い古樹の下で一本の煙草を喫おう

近代社会の臭いのする　その煙を
古木よ　おまえは何と感じるか

原始林の中にあるという湖をさがそう
そしてその岸辺にたたずんで
一本の煙草を喫おう
煙をすべて吐き出して
ザックのかたわらで静かに休もう

原始林を暗やみが包みこむ頃になったら
湖に小舟をうかべよう

衣服を脱ぎすて
すべらかな肌をやみにつつみ
左手に笛をもって
湖の水面を暗やみの中に漂いながら
笛をふこう

小舟の幽かなるうつろいのさざめきの中
中天より涼風を肌に流させながら
静かに眠ろう

そしてただ笛を深い湖底に沈ませよう

この詩を読んだとき、私は胸に鋭い剣を突き刺されたような衝撃を受けた。この詩には何とも言いようのない強烈な孤独感があり、すでに死を覚悟しての侘しさがある。私が今までずっと味わってきたのと同じような苦悩と空虚さがある。彼女は日記に「一人であること、未熟であること、これが私の二十歳の原点である。」と書いている。何気ないこの言葉の中にも、私は彼女の抱いていた絶望感が非常に深いものであることを理解した。思えば私が死の意識に脅かされながら深く挫折感を味わったのも、ちょうど彼女と同じ二十歳の時である。そのように空虚な心理状態の中で私は生きようともがき、彼女は生きる望みを絶った。その時私には自己を支えてくれる文学の世界があった。私は文学という学問に情熱を燃やすことによって、かろうじてその危機を逃れてきたのだ。しかし彼女には、そのような自己を支えてくれるものが不幸にして何もなかったのだろう。運命と言ってしまえばそれまでであるが、もし彼女が学問の真の目的を理解しそれに情熱をぶつけていたら陽気な女子学生になれたかも知れないと思うと諦めきれない侘しさが残る。死に追い込まれていった彼女の悲痛な叫びは、現在もなお私の耳にはっきりと聞こえてくるのだ。「人生をいかに生くべきか」というテーマのこの論文に、私は「青春の虚妄性に挑む」という副題を付けた。それは、青春を襲う虚妄な意識を直視し現実の苦悩に真正面から挑戦することが、現在私にできる唯一の積極的姿勢だと思ったからである。つまり「青春の虚妄性に挑む」ということが「人生をいかに生くべきか」

という問いに対する私の精一杯の答なのである。私にしても未来に対する夢はもちろんある。この論文では、或いはその未来に対する夢を主張すべきだったかも知れない。しかし、私は敢えてここではその夢を語らなかった。私は未来を夢想するよりもまず直面している〈現実〉を生きねばならないと考えたからだ。

私達の世代の若者は非常に不安定である。激動する歴史の流れの中で私達の内的世界は絶えず焦燥感に脅かされている。人間にとって最も重要な価値観の確立ということでさえも大部分の若者はできずにいる。私ももちろんその若者の一人であり、多くの矛盾を抱きながら精神的葛藤を毎日のように繰り返しているわけである。このような状態の中で私達が為すべきことは、学問を通して物事の本質を理解し広い視野を持ち、そして自己を真剣に追究し絶えず自分の進むべき道を開拓していく情熱を持つことであろう。私達の直面している現実は確かに虚妄である。しかし虚妄なるが故に私達はその現実に目を背けてはならない。むしろ現実が虚妄であればあるほど私達は胸を張って力強く前進しなければならない筈だ。冒頭に記した「学問を通して人生を考えるべきである」という岩城先生の言葉を噛みしめながら、私は新たな明日に向かって愛する母校日本大学とともに力強く前進していきたい。

▽総長賞受賞論文

日本大学第４回懸賞論文・人生をいかに生くべきか

副題「青春の虚妄性に挑む」（昭和四十八年十月二十日）

あとがき

本書は『クイズで楽しむ啄木101』（桜出版）の姉妹篇として、教員生活40年の区切りとして企画した。退職にあたり多くの皆様に感謝しています。研究書とは異なり装丁には苦労しましたが、岩城之徳・後藤伸行著『切り絵　石川啄木の世界』（ぎょうせい）の中から、後藤氏のご厚意により切り絵作品を多く飾らせて戴き情緒溢れる誌面になりました。題字は妻の奈保子、イラストは娘の早紀が参加してくれました。

最後に、桜出版の山田武秋さんと編集担当の高田久美子さんに、心より御礼申し上げます。有り難うございました。

（平成31年4月13日・啄木の命日に記す。）

大室 精一（おおむろ　せいいち）

【著者略歴】

1951年 埼玉県生まれ。

専攻は万葉集・石川啄木。

現住所は〒350-0268 埼玉県坂戸市金田 144 TEL 049-281-7184

1975年日本大学文理学部国文学科卒業、1980年日本大学大学院文学研究科国文学専攻博士後期課程単位取得満期退学。同年埼玉県立毛呂山高等学校に勤務、1988年埼玉県立小川高等学校（定時制）に勤務。1993年佐野短期大学（現・佐野日本大学短期大学）に勤務、現在は定年退職し授業のみ担当。

論文デビューは「三巻本枕草子重出章段考」、これは演習授業での発表内容を「岸上慎二先生古稀記念論文集」（日大『語文』）に報告したもの。大学・大学院での9年間は万葉集を学び、上代文学会に半世紀近く所属。その関係で『高市黒人―注釈と研究―』（新典社）、『万葉集歌人事典』（雄山閣）、『万葉集　研究入門ハンドブック』（雄山閣）、『萬葉集論攷Ⅰ』（笠間書院）、『万葉の発想』（桜楓社）、『萬葉の課題』（翰林書房）、『万葉集相聞の世界　恋ひて死ぬとも』（雄山閣）などに執筆。但し、最近は啄木オンリー（馬鹿）になりつつある。

その啄木関連では、『『一握の砂』『悲しき玩具』―編集による表現―』（おうふう）の他に、『石川啄木事典』（おうふう）、『論集　石川啄木Ⅱ』（おうふう）などに執筆。

また、本書『啄木そっくりさん』（桜出版）の姉妹篇として『クイズで楽しむ啄木101』（桜出版・大室精一・佐藤勝・平山陽共著）などの入門書がある。今後の夢は、上記の啄木入門書2冊を携え、啄木ゆかりの地を吟遊詩人のように行脚したいと考えているところです。

啄木（たくぼく）そっくりさん

令和元年（2019）7月7日　第1版第1刷発行
著　者　　大室　精一

切　絵　　後藤伸行（『石川啄木の世界』より）
装　幀　　高田久美子
発行人　　山田武秋
発行者　　桜　出　版
岩手県紫波町犬吠森字境122番地
〒028-3312
Tel.（019）613-2349
Fax.（019）613-2369

印刷所　　モリモト印刷株式会社

ISBN978-4-903156-28-6　C0095